一桥桐子 (76岁)
的犯罪日记

〔日〕
原田比香
著

VANISHED CAT
译

上海文艺出版社

目录

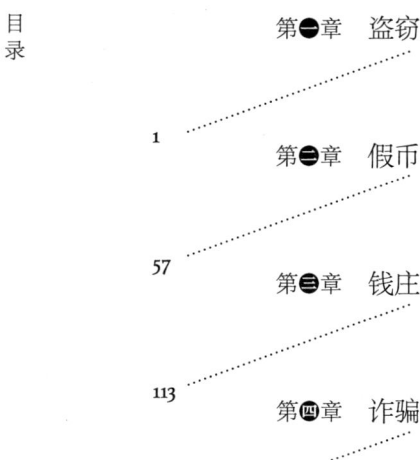

第一章 盗窃 1

第二章 假币 57

第三章 钱庄 113

第四章 诈骗 161

第五章 绑架 219

最终章 杀人 273

第一章

盗窃

今天，知子死了。

知子的知，有两层意义。除了作为知子这个名字以外，字面上的意思，也是相知相惜、知己的意思。

然后，就在今天——这其实是骗人的，知子甚至不是昨天过世的，那已经是一个月前的事了。

不过，拥有一颗文学少女心的一桥桐子，想起这件事时，总感觉像今天发生的。

和知子的交情始于高中，她的人生实在是不太好过。

丈夫虽然不至于家暴，但是个爱嫌东嫌西的男人，她一直很辛苦。

有一次，桐子在新宿的百货公司见过她走在丈夫后面，替他拿着一大堆东西。知子的脚步只是稍微慢了一点，丈夫马上怒吼："喂！你这是在干吗！"丝毫不顾虑旁人的眼光。于是桐子没有上前打招呼，悄悄地离开了。

还有，在他们四十几岁时，新居落成，知子邀请了学生时代的朋友们一起到家里来玩，聊得稍微久了点。知子的丈夫提早回家时，访客们对他致意："打扰您了。"他却毫无响应，径自上了二楼。

"真是不好意思，他一定是太累了。"

知子尴尬地赔着不是，随后慌忙跟在丈夫身后上了二楼，接着就听见他大骂："到底是怎么回事！你是个家庭主妇，要悠哉到什么时候！"

"一不小心就待太久了，真不好意思，是我们太失礼了。"

朋友们说着就赶紧各自回家了。

用现今的说法，那已经可以说是一种关系霸凌或精神虐待了。

她在丈夫生前，连一句像样的怨言也不曾有过。就这样拖磨了好久，丈夫终于走了。

那时，她们都已经七十三岁了。

"谢谢你来参加告别式。"

为过世的丈夫服丧四十九天过后，知子打了电话过来。

"我想拿奠仪的回礼给你,要不要见个面?"

"当然好呀!"

两个人在新宿一栋高楼里的咖啡厅碰了面。

"好漂亮啊。"

知子望着底下的风景,感慨地说。

不知道为什么,现在想起来,还是觉得她的表情变得轻松许多。湛蓝的天空,洁白的云,高楼大厦林立的新宿街道,眯着眼睛看着这一切的知子。

"有没有好一点了呢?"桐子关心道。

"嗯嗯,都还好。"

"真的吗?家人过世有很多事情要处理,而且也很寂寞吧。"承担了双亲照护需求的桐子这么说。

"如果有什么我帮得上忙的地方……"

"倒是有件事……"桐子还没说完,知子难得地打断了她。

"嗯?"

"不知道你会不会愿意呢。"

"什么事?"

结果,她看着桐子,绽开了微笑说:"要不要一起住?"

"咦?"

"我们两个一起住好不好?"

"为什么?"

"想要住在一起嘛!"

桐子想,那个时候,假如自己是一只兔子的话,肯定是"噗咻!"地弹起了两只耳朵,把一双红色的眼睛瞪得圆圆的吧。就像绘本里画的那样。

虽然吓了一大跳,但桐子马上就回答了,几乎没有经过什么思考。

"不错哎!"

"挺不错的对吧?"

"可是,孩子们不要紧吗?"

知子有两个儿子。大儿子是高级公务员,二儿子则在大型铁路公司工作。两个都是知子一手拉扯长大的,如今成为优秀的社会中坚分子。

"不要紧的。今后我想照自己喜欢的方式过日子。"

那天,知子看起来闪耀着光芒。

这间房子在埼玉县,从池袋搭乘东上线约莫四十分钟车程,虽然是屋龄接近五十年的老房子,但走路到车站只需要十分钟,租金四万五千日元。两个人分摊下来的话,只要有养老金就住得起。

尽管如此，两人经过讨论，得出了这样的共识：还是想趁着还能动的时候尽量工作。于是，桐子在池袋的商住两用大楼找了个打扫的工作，知子则是在车站前的超市上班。这虽然是知子人生中的第一份工作，不过她既聪明、率直又善解人意，因此不仅很快就适应了，还成为店里年纪最大却颇受欢迎的人物。

三餐是由从以前就很喜欢做菜的桐子负责（一直以来被一家人的伙食逼得团团转的知子表示已经不想要再下厨了），爱干净又有一双巧手的知子负责的则是打扫、洗衣以及缝纫的部分。

知子时不时也会从超市带回没卖完的熟食料理，她们有时候用那些菜肴配上啤酒，就算解决一餐。两个人都称不上什么美食家，超市的熟食菜色配上发泡酒就已经觉得十分幸福了。

不过，每个月一次的奢华时光就另当别论。

桐子本身是还好，但知子对甜食非常狂热，她的兴趣是每个月到市中心的饭店享用甜点自助，或是午餐自助。

桐子也不讨厌这件事，再说最近的甜点自助甚至连意大利面或是比萨都会出现，可以吃到好看又时髦的料理真的很令人愉快。

关于自助的信息是知子搜集来的，据说有时候是在超市打工的休息时间从电视上看到的，有时候是从年轻的兼职店员那里听说的，又或者是站在书店里看免费杂志的时候得知的。

然后，她就会约桐子："下个月我们去品川的饭店好不好？""立川那边好像有很不错的自助哦！"

在打工的地方，大家都知道知子手上握有大量的自助名单，因此她也常会跟寻觅约会场所或打听朋友聚会好去处的年轻人们分享自己的情报。

去饭店享用自助餐的时候，两人会稍微花点时间打扮。

知子会拿出当年参加二儿子在婚宴会馆举行的婚礼时，专程定做的丝质套装；桐子则会穿上过世母亲的和服改制而成的连衣裙。知子还会戴起珍珠项链，桐子戴的则是一串柔和的粉色珠子串成的项链。手上也搭配皮革制的手套，并仔细地化了妆，两人互相称赞道："很好看！真的很适合你哦！"然后才会出门。

接着，她们就会大啖质量一流的鲜奶油或是浓郁的巧克力，直到肚子填得饱饱的。

回家前，一定会顺便在饭店的化妆室或是接待大厅停留一下。如果没有低消的话，两人便会在大厅的沙发坐下来聊上一阵子。让蓬松柔软的沙发还有豪华的水晶吊灯为她们洗去日复一日的疲惫。

充分享受了高级饭店和自助餐之后，便会一边聊着"真的很好吃""下个月还想再来""连洗手间里面的装潢都是大理石啊"之类的话题，一边搭上回程的电车。

"你觉得今天吃的这餐，所有东西里面最好吃的是哪一道呢？"知子每次都一定会问这个问题。

"我的话，应该是瑞士巧克力蛋糕吧，巧克力奶油的味道很浓郁美味。虽然那个意大利的栗子蒙布朗也很不错就是了。"

"我觉得是那个，烟熏鲑鱼三明治。它有加奶油奶酪，很用心哎，口味真的特别优秀。"

"果然，你还是比较喜欢吃咸的。那，如果只算甜食的话最喜欢的是哪个呢？"

"那应该就是草莓奶油蛋糕了吧。它的鲜奶油做得不会太甜。"

"那个我也很喜欢！不过你说得没错，烟熏鲑鱼三明治真的很美味。如果撇除掉甜食的话，我也觉得它是最好吃的！"

"没错吧～"

"如果吃甜的吃到有点腻的话,就会吃一点三明治嘛。解腻了,就又可以大口大口吃甜点了。结果就会不小心一直吃一直吃。"

当天的话题总会在两人之间持续一段时间。

不过要说日子过得辛苦,其实桐子也不遑多让。

桐子一直都是单身。大她很多岁的姐姐早就结婚搬了出去,留下桐子一个人照顾双亲。

并非从没有出现喜欢的人,只是双亲在家,桐子实在无法开口邀请他们来。桐子犹豫不决的态度,总让他们打了退堂鼓。

虽说如此,她觉得和知子相较之下,自己的人生已经过得非常轻松了。

照料双亲虽然非常辛苦,但毕竟还是自己的亲生父母,也都是个性温和的人。不像知子,服侍的是公婆还有难相处的丈夫。

不过,桐子开始扛起父母的照护时,不得不辞掉了自己先前的工作。更艰难的是,在父母过世之后,也一直没办法二度就业。从那之后,桐子便一直做着兼职的打扫工作。

照顾双亲的辛劳、找不到工作的焦虑，全部压在桐子的身上，结果导致她在处理财产分配的时候和姐姐闹翻了。姐姐一副理所当然应该对半平分的态度实在让她无法忍受。姐姐也过世了之后，桐子和外甥、外甥女也就完全断了联系，现在连他们住在哪里都不得而知。

我也不是说想要多拿什么，真的就只是希望可以得到一句体谅的话而已。

桐子这么说，结果姐姐却变了脸色，丢下了一句："你就只是赖在二老身边厚着脸皮花他们的退休金过活而已吧。"姐姐这么说应该也是有她自己的道理，但当时比现在年轻的桐子，还是尖锐地回嘴了。

最后，桐子卖掉了老家，和姐姐平分了卖出的金额，自己搬到小小的公寓去住。离浦和的车站很远、屋龄又高达五十年以上的老房子值不了几个钱。桐子自暴自弃地认为，自己大概就要这样默默刷着大楼的厕所，一个人孤独地等死了吧。直到和知子一起住之前就是如此。

"我们一起住嘛。"直到收到这个邀请，从那天起，人生才开始闪烁起耀眼的光芒。

结果才过了短短三年，知子就死掉了，怎么可以这么无情呢。

知子的告别式结束之后，首先必须和房产公司讨论相关事宜。

"还请您节哀顺变。"

桐子先前已经打了电话过来，负责接待她的相田马上就从屋子深处走出来招呼。他是个四十五岁左右、有着一张圆脸的男子。

"别这样说，倒是你也来参加了告别式呢……真是非常感谢。"

桐子这样道了谢，但替知子举行丧礼的并不是桐子。知子的大儿子找了家附近的殡仪馆处理，桐子也只算是其中的一位列席者而已。

虽然是一个小小的告别式，但从相田到知子职场里年轻的打工学生全都来了。现场来参加的人数多到把家属给吓了一跳。

"那么那间房子的话……我想，果然还是得搬出去才行吧。"

是啊。相田点头响应道，但脸上的表情和桐子意料中稍微有点不太一样。

"……真是可惜啊。"他说着，看起来不像是客套话。

"你们两人把住处维持得很整洁，也没有迟交过房租，房东门野大姐一直都很喜欢你们。"

一开始在找房子的时候,愿意租给两个老女人的房东实在是少之又少。

尽管不容易,她们还是找了知子的大儿子来当保证人,最后经过面谈,终于定了下来。

门野是一位自由作家,是个四十多岁的单身女性。她们听相田说过,她拥有不少间像这样用来出租的房子和公寓。

起初她从眼镜后方不断打量她们,但桐子和知子一起表示"今后想要两个人一起生活",直截了当地说明了自己的想法之后,"没问题啊。"她马上就同意了。

"我也是自己一个人独来独往,我很可以理解你们。我觉得像你们两个人这样可以有个伴一起住实在很不错。"

接着,只喝了一杯茶,就马上离开了。甚至连一个笑容也没有。

"能找到这种奇特的房东真是太好了。"在她离开之后,相田笑着说。

"像她那么年轻,竟然有那么多房产在自己名下。"

两人听了也深表同感,然后相田告诉她们:"别看她那样,实际上可是一个很不简单的人物呢。"而她也是出席告别式的其中一人。

"其实，房东也来和我聊过一桥小姐您是不是必须退租了的事情。"

"真是不好意思让你们挂心了。"

毕竟两个人的退休金加起来才勉强足够在这里一起生活，所以这也是大家意料之内的事吧。

"别这么说。不过，真的是很可惜。这之后您想要怎样的房子呢？"

相田也不马虎，十分机灵地向桐子询问找房的条件。

兼职打扫的工作在池袋，要找个搭电车四十分钟内可以到的距离，然后要在离车站走路就能到的地方，可能的话租金尽量压在三万日元以下……

相田找了几个跟原本住处在同一站的房子给桐子参考，但可想而知，每一间都是屋龄四十年以上的木造公寓。看来看去甚至有好几间都是没有浴室的房子。而且，只要一算上管理费，马上就超过三万日元了。

一边和相田说着话，桐子逐渐回忆起当初和知子刚来到这里时的一些事。

那个时候，她们都充满了希望。只要两个人一起出钱分摊，就可以住上稍微好一点的地方，真的让她们好开心。相田拿给她们参考的房子当中，也有低于行情、曾经出过事的房间。

"如果不会介意的话,也请看看这种。"

"我是觉得没什么关系。"知子大方地说。

"对啊。"

尽管桐子装作没事一样跟着点头,但其实她对鬼怪怕得要命。虽然不想要住进凶宅,她却没能好好表达出来。

"不过啊,像我们这样两个老奶奶一起搬进来住的话,反倒是幽灵先生会觉得不知所措吧。"可能是注意到了桐子的心情,知子这么说着,推掉了凶宅。

啊哈哈哈哈哈,两人齐声笑了出来。不管做什么都很开心,知子和桐子都是整天笑呵呵的。

现在甚至已经很少笑了。

相田想必也察觉到桐子低落的氛围了。他把一整条街的租房信息都告知桐子以后,就没有太强硬积极地推销。

"我也知道,应该要早点决定的,可是我连应该拿什么条件去做决定都没办法想得很清楚……"

"啊,还有一件事,虽然我也有点不知道该怎么跟您说。"

相田一副十分难办的表情。

"既然现在要开始找新的房子,也就是说您必须重新找一个保证人才行。"

"保证人……"

之前,是由知子的大儿子做保证人的。

"就您所知,有没有什么可靠的人选呢?"

"保证人啊……"

根本不可能去拜托姐姐的儿子或女儿。

"或是说,有可能再拜托之前那位太太的儿子吗?"

"知子的儿子?那是不可能的呀。"

在她过世之后,桐子实在不愿意去造成人家的麻烦。

"那么,就得再找找看担保公司了呢。"

"是呢。"

"要不然,如果可以的话,就留在原本的家继续住,您觉得怎么样呢?房东大姐一定也会很开心的!"

"可是那……"

经济上实在是负担不起啊。

从头到尾,所有的事情都好艰辛,这一切当中唯一的救赎,就是相田开车送她回家这件事了。"一间也好,要是您愿意稍微跟我去看一下实际屋况的话,看完之后我可以送您回家。"相田这样对她说。她接受了他的好意。

"老实说我已经有点觉得怎么样都无所谓了。"

找了一间房子去看了屋况之后,坐在车上的桐子不经意地吐出这样的话,相田点点头,说他可以理解。

"我手边的房子都还很多。您可以慢慢思考,到月底左右再决定也没有关系。如果有新的选择出现的话,我也会用短信通知您的。"

"真谢谢你。"

桐子对着离去的轻型车鞠躬了好多好多次。

喀拉喀拉地拉开了纸门,回到了只剩她孤零零一个人的家。

"我回来了。"

明明没有人在家,这句话却还是不小心脱口而出。

有着小小的嵌入式鞋柜的玄关,接着是通往二楼的阶梯,楼梯的下方是厕所,更里面则是厨房和浴室。

玄关的侧边也有一间房间,那边被用来作为两人的起居室。楼梯上去有两个房间,她们一人一间,各自有自己的房间。

打开鞋柜,那里面,已经没有知子的鞋了。

鞋架上只摆着一人份的鞋,正好排满一半。到院子走动时穿的拖鞋是两人共享的,只有这个留了下来,让桐子睹物思人。

葬礼结束了之后，知子的两个儿子来过，把属于她的东西一点也不剩地全部带走了。

当然，桐子也不是想要从那些当中多拿什么……她只是在心里偷偷希望着，如果可以好心留一样东西下来让她做纪念就好了。但两人把桐子递出去的家当——从洋装、包、鞋子、小整理箱到手套甚至是首饰类，全部快速地塞进了车里，一样也没留下。

桐子为他们准备了蛋糕茶点，想拿出来招待，他们却连要稍坐一下的意思都没有。

虽然至少没有对着厨房用具说出"我们要拿一半回去"这种话，但也是打量似的朝着屋内四处张望了一阵。

"就这些了是吗？"

他们这样说的语气，就好像桐子还有偷藏起什么东西似的。所以，桐子原本想开口拜托他们："可以至少让我留一个小东西怀念她吗……"就这样错失了时机。

要是他们认为她很贪心那可就糟了。她可不想让他们觉得，母亲生前一起生活到最后的女人竟然是这种人。

这是为了知子，也是为了她自己。

那些东西，现在怎么样了呢？首饰那类的可能会让媳妇或是孙子拿去用吧。如果是那样也好。可是，那些老人在穿的衣服拿回去是可以做什么呢？这么说来该不会全部都被拿去丢掉了吧。

直到现在，知子那些可能早就已经被丢掉的个人物品都还时不时会浮现在桐子的眼前，让她悲从中来。对他们来说，就算只是旧衣服，也应该一件一件都代表着思念吧。这么一想，又觉得先前那样猜想的自己很不可取，感到更苦闷了。

桐子钻进起居室的被炉里，打开电视，开始胡思乱想地发起呆。

今天晚上，该吃些什么好呢。

电视上正介绍着最近人气高涨、推出斯里兰卡咖喱的市区某家店。年轻的女性记者一边喋喋不休地讲着什么，一边把用料丰富的咖喱大口塞进嘴里。

锅子里还有煮好的饭，早上做的味噌汤也还有，就吃那个解决吧。反正，根本一点都不饿。

一旦变成了孤身一人，不光是家里，连餐桌也变得好寂寞。

但是，比起任何东西都寂寞的，就是心了。

在电视里的女记者塞进一大口咖喱的瞬间，放在被炉上的智能手机突然响起，让她吓了一大跳。

桐子和知子在刚搬进这个家的时候，一起换了智能手机。她们向知子的年轻同事们请教，得以用超便宜的套餐办了智能手机，使用方法也是跟他学的。

桐子拿起那只手机慌慌张张地凑到耳边。

"桐子吗？好久没跟你联络了。"

来电的一方会显示在画面上，所以在接起来之前就已经知道通话的对象了，但一听见对方的声音，心脏还是用力地跳了一下。

是桐子和知子共同的朋友，三笠隆先生。

他们是在市公所办的"俳句社"相识的，与他的交情大概是有时候会一起喝喝茶，吟咏自己作的俳句互相赠诗。这个课程是知子找的，"我们一起去嘛，可以当作头脑体操哦。"她这么说，两人便开始参加这个活动。

她们总是两个人一起行动，就算是隆或是主讲的老师和她们说话，也要先互看一眼才会响应，因此隆总是拿她们开玩笑："你们这样子简直像是女学生一样啊。"

不光如此，隆更是……桐子和知子欣赏的对象。虽然说主要都是桐子在一头热，知子则是表示："我已经受够男人了。就让给你吧桐子。"

"哎呀！你看你明明说得像是自己的东西似的！"

她们经常这样，互相消遣。

"你最近还好吗？知子小姐走了，我有点担心你。"

隆的嗓音低沉又温柔。这也是让她们私下着迷地说着"好帅"的其中一点。

"真谢谢你的关心。"

"我想着你这阵子一定很忙，所以一直还没有联系你。"

很多老人随着年纪增长，体恤别人的能力都会消失，变成一副所有事情都要以自己为中心的态度，不过隆倒是一点都没有这种倾向。

就是因为这样，才会喜欢上他吧。桐子久违地感觉到自己的心情温暖了起来。

"住在一起生活的人离开是一件很难受的事，还要办理手续之类的，杂七杂八一阵忙碌，甚至连沉浸在感伤之中的时间都没有……亡妻过世的那时候，我也是有好一阵子都没办法振作起来。"

"真的很谢谢你。不过手续方面是由她的儿子们来负责处理的。"

"那应该帮了大忙吧。"

说得没错，虽然先前桐子一直觉得那两个儿子把一切的一切都从自己的手中抢走了，不过仔细想想也真是多亏了他们，她才能够有时间这样深深地沉浸在悲伤中。

跟人说说话果然很好啊，桐子这么想道。要是一直自己一个人的话，想法就会渐渐往不好的地方发展，现在才被引导回正面的方向。

她对隆更加刮目相看了，真是一个坚强又正向、十分可靠的人。

"如果有什么我可以帮得上忙的地方，不管是什么事都要跟我说哦。"

他的声音一字一句听在耳里都好温柔。

知子曾经说过，好像是那个谁，跟某个演员很像。那到底是在说像哪个演员呢?

"然后……"

"嗯。"

"有件事情，我想跟桐子你稍微聊一下。"

他的声音听起来难得有一点欲言又止。

"嗯嗯，是什么事呢?"

隆对她说，在电话里有点不好说清楚，因此两人约好了见面聊。

他们约在车站前的连锁咖啡厅碰头。

结果桐子比约定的时间早了二十分钟就到了。

因为是工作日午间，店里没有太多人。店里的人不是和桐子差不多年纪的年长者，就是开着笔电埋头工作的年轻人。

桐子慢慢地、小心翼翼地喝着久违的咖啡。

虽然平常没怎么去咖啡厅，但是和知子一起去享用点心自助的时候会品尝咖啡或是红茶。桐子比较喜欢咖啡，知子则是红茶派的，特别喜欢大吉岭。

啊，即使到了这种时候，也还是会不断想起两个人一起生活时的各种事情。如果告诉知子说隆约了自己出来的话，知子会说些什么呢。"太好啦！"她百分之百会这样为桐子感到高兴的。啊，要是还能再和知子说说话就好了。

"让你久等了。"

不知道什么时候，隆已经站在桐子的面前微笑着。

"不会，今天真是谢谢你了。"

明明是被对方开口约出来的，结果，一不小心就脱口而出道了谢。

"哪里的话，我才是呢，真谢谢你。"

一直以来都很完美的隆先生，今天的他，感觉又更优秀了。

已经变白的头发梳理得整整齐齐，穿着一件羊毛料子的夹克。脖子上围着的围巾肯定是克什米尔羊毛吧。拿下围巾之后，可以看到领带也系得工工整整。

"你看起来精神不错，真是太好了。"

"没有啦，除了打工之外，我已经好久都没有出来活动了。"

连桐子都觉得自己的声音听起来不知为何有点犯花痴，不禁脸红了起来。

"这样啊？不过，你气色很好呢。"

"谢谢你这么说。"

突然发现，隆身上散发的氛围和平常不太一样，桐子这才注意到，他的胸前折着一条鲜艳的朱红色口袋方巾。虽然他原本就是一个时髦又整洁的人，但也没有高级到会在口袋里塞一条装饰用的方巾。

颜色真好看啊，桐子心想。和他的银发搭配起来很合适。

啊，想起来了，知子之前说跟隆很像的那个人是上原谦。和他儿子加山雄三比起来，她绝对是更喜欢上原谦。

接下来好一段时间，他们天南地北地闲聊着。在知子过世了之后，桐子这阵子都没有到俳句社露脸，大家似乎也经历了不少变动。比如说：八十多岁的丸山感染肺炎住进医院，南小姐从楼梯上摔了下来，隆自己则是换了一家康复中心之后，腰痛的情况改善了不少，反正主要就是聊一些跟病痛有关的例行话题。不过，就算只是聊这些也很开心。桐子说起自己体重稍微减轻了一些，结果隆担心地说："你真的有好好吃饭吗？"还跟她约好下次要把那家康复中心介绍给她。

桐子心想，年轻时从没想过自己会变成一个聊着病痛的话题还聊得这么开心的老年人。但是，这就是现实。

知子的告别式上分送的甜馒头很好吃，桐子向他分享，当时大家都大力赞赏地说："那个馒头，到底是跟哪一家订的啊？我到时候也想要用那一家的馒头，拜托把店名告诉我吧。"

"我也觉得那个很好吃。真不愧是知子小姐。"

"哎呀，哎呀，真是谢谢你这么说。我想知子一定也很开心的。"

虽然馒头也不是自己准备的，但是在这种事情上被夸了，也自然地感到开心。毕竟老年人除了葬礼以外也没有其他事好办了。

接着，也聊到了在俳句社里鲜少和别人交流、人称"孤高郡主"、七十五岁的白川君子,她的俳句作品被报纸的俳句诗坛投稿园地采用了。

"原来她有在那种地方投稿啊,我们大家都一直不知道这件事。"

"不愧是孤高郡主。像我根本连拿出来给别人看的勇气都没有。"桐子不经意地感叹道。

"那个人啊,她的心态和其他人可不一样。"

"她不像我们一样,是抱着来玩玩的心情。可是,那她为什么会跑来参加我们这种同好性质的社团呢?"

"明明去东京的话就会有很多比我们更优质的社团了。"

虽说绝对不是想说人闲话或是在背后批评她,但他们还是交换了一些略带"挖苦味"的感想。

隆没有来参加告别式,但他把社团成员们的奠仪也都一并带来转交了。

"桐子如果有好一点的话,一定要再来参加俳句社哦。你们两个人都不在的话,实在是太寂寞了。"最后,隆一点也不像是在客套,深切而诚恳地这么说。

"真的很感谢你。"

桐子道谢的同时,又忽然惊觉隆刚才说的是"你们两个人"。是啊,我们两个人至今也都还是"你们两个人"。在隆的心中,知子也依然还活着。桐子眼底又差点泛起泪光。

"然后,那个,我之前说过有事要跟桐子聊聊……"

隆的上半身向前探出。桐子也下意识地做了相同的动作,两人隔着桌子将脸靠得好近。

"我想跟你说……"

"你说。"

就在此时,"咚!"的一声,一个沉重的东西被放上了桌面,桐子吓得跳了起来。

"久等了~"

那是一个超市的透明大塑料袋。可以看见里面装了白菜和西红柿,长长的青葱露在袋子外。

桐子什么也没想就抬起了头,看见一个穿着粉红色针织衫的女人站在那里。

"久等啦,隆隆~"

她在隆身边的位子坐下,把脖子往他的方向一歪,头瞬间就贴到了肩膀上,染成茶色的头发拂过他的脸颊。

桐子打从心底吃了一惊。

以自己的年代,实在不常看见这么露骨、卿卿我我的男女。

但是，隆虽然一副困扰的表情，他的嘴角却溢出了藏不住的喜悦。

"西红柿真的超便宜所以我就买了～"

"但是，我不喜欢西红柿耶。因为我父母是明治时代的人，我小时候餐桌上几乎没出现过西红柿。"

"可是，西红柿很营养嘛～"

"因为薰子你很年轻，才吃得惯西红柿啊。"

年轻……桐子心里正一直困惑着。该怎么形容她才好呢。

要说年轻的话，是年轻没错，年纪应该是比自己来得小。但是，没猜错的话，她绝对已经六十岁以上了。

丰润的脸颊，肌肤保养得很好，头发又染得很漂亮，针织衫的颜色也很亮眼，因此看起来显得很年轻。但是，再怎么说，也绝对不是可以称为"年轻"的年纪了。

不知道是不是心里的想法被察觉到了，隆对着桐子说："薰子她现在才五十九哦。"

隆的脸上写满了开心，洋溢着微笑。

什么五十九啊，还不就是差不多六十了吗，桐子真想冲着那张脸反击回去。

"……那个……请问这是哪一位呢……？"桐子终于问

出口。

"啊，没有啦。"

不知为何，总觉得隆一副非常不好意思的神情，被称作薰子的女性也是"呵呵呵"地笑着，一边看向他的脸。

"其实，"隆终于转过来对着桐子说，"这位是，齐藤薰子小姐。是我的未婚妻。我想着一定要介绍给你认识。"

"啊。"

桐子下定决心要表现出一点也不惊讶的表情，不过，那可能也没有什么意义。因为眼前的这对"情侣"的眼中除了彼此再也容不下其他。

据说他们俩是在隆最近刚换的康复中心相识的。隆说她是柜台的工读生，两人就这样慢慢熟了起来。

什么工读生啊，就是个兼职妇女好吗，桐子在心里这样想道。故意讲成工读生无非就是想给人一种学生妹的感觉，桐子觉得她的脸皮也实在太厚了。

两人之间的甜言蜜语也不在乎被听见，桐子还要带着微笑听他们情话绵绵，感到十分心累。

从车站走回家的路上，脚步都很沉重。这种时刻，还真的是很难受。

步履蹒跚，用这个词来形容十分贴切，桐子拖着那样的步伐走回家。

那天晚上,又是一边看着电视,一边恍恍惚惚地吃了饭,虽然其实一点食欲也没有。这样看来,从今天开始永远都要一个人吃饭了,应该会变得越来越消瘦吧,桐子想着。

知子还在的时候,一起去吃完甜点自助之后,会说:"这下子不减肥可不行了呀!"甚至还曾有刻意少吃一点的时刻。

"高龄人士的再犯率正逐渐变高呢。"

从画面中突然传来"高龄人士"这样的用词,桐子不经意听见了,便侧耳细听下去。

"正是如此。就算被关过一次,从监狱里出来了之后,马上又会再犯下罪行,再度回到那片高墙之中,这样的高龄者正在增加。"

咦——桐子不禁自言自语道。

年轻的男性播报员对着新闻节目的主持人说明着。

"说起来,监狱不仅确实地提供了住处,也会供给食物。也能好好地洗澡,狱中还有医生。过新年的时候甚至还会出现年节的菜色。"

画面上出现了一格一格整齐排列、装满了日式年菜的塑料餐盘。

"想不到哎，竟然这么豪华吗？"

一不小心，又自言自语了。

"就算卧病在床，也会有人来照护。"

照护……

桐子感觉胸口受到了不小的冲击。

那是她长久以来埋藏在心中深处的不安。

像这样孤独地活下去的话，身体还健康的时候那还好，但是，要是哪天倒下了呢？说实在的，要是就那样直接死掉的话真的还算好的，可要是没死成，身体状况反倒变成需要别人照护的情形，到底该怎么办呢。

自己是绝对不可能去给姐姐的孩子添麻烦的。何况，对方更是完全不可能有意愿负责。

可是……

监狱里面什么都有。

幸好，姐姐的孩子们跟自己姓氏并不相同，就算成了罪犯，应该也不会造成他们太大的麻烦吧。

画面上出现了年轻的服刑人正将卧病在床的服刑人从床上搀扶起来的情境。因为被打上了马赛克，长相跟表情都无法看得很清楚。

"服刑人当中，也有人会在狱中考取护工的资格证，他们就会去照顾高龄的服刑人。"

不知怎的,那个画面在桐子看来变得耀眼了起来。

结束了清扫工作回家的路上,转进了通往自己家的巷子转角,有些恍神地走着,突然看见家门口站着一个老人。他对着四周来回地张望,有时候也抬头往上看。

他和隆一样身上穿着一件羊毛夹克,但已经被穿得很旧了,而且很薄。一只手里拿着一个同样很轻薄的包,脚上也是一双穿了非常久的旧鞋。身形并不高大,但肩膀算是有点宽。

奇怪,会是俳句社的人吗……还是知子职场上的人呢……?

他和桐子对上了眼神,没有笑容地点了点头。

难道只是附近的邻居吗,可是又没有印象看过他……

"您好!"

"啊。"

尽管困惑,但对方都明确地打招呼了,桐子犹豫地点头致意。

"请问,这里是宫崎知子小姐的住处对吧?"

"是的,知子是曾经住在这里没错……"

看来果然是跟这个家有什么渊源的样子。

"啊，我真是失礼了。"

男子稍微低下了头。

"敝姓佐藤。知子小姐还在世的时候受了她很多的照顾……惭愧的是，我竟然连她过世的消息都不知道，结果也没能来参加她的告别式。我今天来是想，希望能至少让我为她上个香也好。"

"唉，您快别这么说，您这么有心真是太令人感激了。"

桐子的泪水又忍不住涌上了眼眶。没想到竟然过了这么久都还有人为了知子而特意前来。

"让您在这么冷的天气里等了这么久，实在非常不好意思。"

"没事的没事的，正好遇上您回来，真是太好了。"

"不过，知子的牌位并不在这里。安放在知子的……知子小姐家里……在她的长子的家里。"

"原来是这样啊。"

"这边的话我是在我过世的父母的供桌上，放上了知子的照片，作为一个心意而已。"

泪水又快要夺眶而出。就算是最要好的朋友、直到最后都住在一起的人，到头来还是不能算亲人，再怎么样也没有资格由自己来供奉她的牌位。

"原来如此。"佐藤一边点头，一边细碎地踏着步。

"那真是太不巧了……只是，非常不好意思，能不能跟您借个洗手间呢？因为刚才一直站在这里，天气又冷。"

"哎呀哎呀，我实在是太疏忽了，真的很抱歉。"

桐子慌忙拿钥匙开了门，请佐藤进入屋内。告诉他洗手间的位置之后，点了火准备烧开水。

"别客气别客气，请过来这边坐一下吧。快进来被炉里伸伸腿。"

桐子领着从洗手间出来的佐藤来到起居室。

"真是感谢您。不过，还是请先让我到灵前致个意吧。"

佐藤在供桌前双手合掌。桐子在他身后也一起跟着合掌。

水烧开了，桐子留下佐藤到厨房。

"您和知子是在哪里认识的呢？"

桐子向人在起居室的佐藤问道。佐藤似乎回答了什么，但听得不是很清楚。于是桐子端着泡好的茶回来，又再问了一次。

"您和知子是什么样的交情呢?"

"……我和她先生有工作上的往来。也受了太太非常多的照顾。"

"原来是这样啊。那您能知道她住在这里也真是有心呢。"

佐藤大口地喝着茶。硕大的喉结移动了一下。

跟身形的比例比起来,这个人的喉结好大,桐子心想到。

"……我们也会互相寄贺年卡问候。"

"原来如此。"

没想到,桐子的友人当中还有这么一位存在啊,桐子想着。印象中跟她先生那边的朋友应该是没有到这样的交情才对。

"还有就是,之前碰巧在街上遇到的时候,她就有跟我说她住在这里,我们就互相交换了现居地址。"

"啊,原来是这样啊。"

这样就可以理解了。如果是那种情况的话,会知道知子的住处也没什么好奇怪的。

佐藤说着:"虽然只是一点心意……"一边递出了奠仪。

"唉，真是不好意思。"桐子深深低下了头，"这一份，我一定会转交给知子的儿子的。"

"那就拜托您了。"

重新沏了两次茶，又从家里找出适合的点心招待之后，佐藤大约待了一小时就回去了。

直到桐子发现不对劲，已经是隔天的事了。

她准备要出门买东西的时候，拿起包先往钱包里瞥了一眼，才发现里面的现金一块钱也不剩。

怎么回事？她思考着。之前拿钱包的时候，里面虽然没有很多钱，但应该还有几千日元和一些硬币才对。她记得，大概还有三千四百日元才是。

为了确认是不是自己搞错了，桐子打开起居室供桌旁的抽屉。从银行领出来的钱会放在那里。通常，她大约一个月会一次领出几万日元，放在银行的信封袋里收进抽屉。

如她所想的，信封还在。稍微放下心往信封内一看，里头却一张钞票也没有。

心脏开始用力地怦怦直跳。

俳句社的缴费袋也放在同一个地方。每个月两千日元的社团费用。知子死后一直没有出席，所以照理说之前准备好的社费也还没交出去才对。

连那个也不见了。

桐子的心脏止不住地狂跳。如同字面意义地心里敲响了警钟，耳里听见了一阵阵"咚咚咚咚"的声音。

供桌的抽屉里，则应该放着没来参加告别式的俳句社朋友们代为转交的白包。

抽屉一打开……里面装的东西全部都不见了。或许应该说不出所料，佐藤给的白包，里面空空如也。

桐子慌慌张张地上了二楼。虽然已经没办法冲上楼，但已经用上这几年以来最快的速度了。

自己房间的五斗柜上放着一个小小的存钱筒。那是她向银行申办定期存款的时候送的。做成狗狗的卡通造型、带着一脸很可爱的微笑。

拿起来的时候双手发抖，接着晃了它一下。一点声响也没有。根本不用打开底部的盖子也知道里面已经没有任何东西了。桐子只要偶尔身上有五百日元的硬币就会投进去，现在少说也应该存了十枚以上才对。

在家里找了一遍，发现现金是一张也不剩，连一块钱也没有了。但是，存折、印鉴、银行卡之类的没有惨遭毒手，算是不幸中的万幸。

桐子简直是惊恐得站都站不直。实际上，也确实是在地上蹲了好一会儿。

该不会是被闯空门了吧。可是，昨天结束打工回家的路上也有去买东西，那时候打开钱包，里面还是有钱的。然后，佐藤回去了之后，就再也没有踏出家门了。

还是小偷趁着大半夜的时候闯进来了呢？虽然说也是有这种可能性，但早上玄关的门锁一如往常地锁着，也没有哪一扇窗户没关好。

这样的话，果然是，那个佐藤下手的吗……这么一想，全身不禁大大地颤抖了起来。

好可怕……

只觉得是个普通人啊。现在，根本已经连长相都没有什么印象了。

脸看起来很善良，不，应该说虽然已经记不太清楚了，但看起来不像坏人。但是，应该错不了，就是那个人了吧。事到如今，桐子只记得他那看起来很大的喉结上下移动的部分了。

原来自己一直和小偷对峙着吗。聊了几乎一个小时，甚至时而和对方一起大笑出声吗。

既害怕、又难堪、又难过、又悔恨……心里五味杂陈，桐子不由得放声大哭。

第二天,她走路到车站前的派出所,讲述了事情的经过。

值班的是个年轻又亲切的警察,很认真地听桐子说,也好好地做了笔录。

"是假冒成上香者掩人耳目的小偷呢。"

"咦?"

"最近,干这种事的可多着呢。这种人一定不会只犯这一起案件。"

他好像已经对这种案件非常熟悉,找出好像记录了什么的笔记摊开来。

"都是我自己太不小心了……"桐子叹着气,一边小声地脱口而出。

"不是哦。绝对不是你的错。"

"咦?"听见这么强而有力的话,桐子不禁抬起头来。

"利用了一桥大姐的善念,进行偷窃的是那个罪犯,是犯人的不对。"

"是这样吗。"

"就是这样啊。一桥大姐你没有任何错。"他坚定地这么说着，对桐子点了点头。

"谢谢你。"

他说的话太令人窝心，桐子都快要哭了。

"对方是怎么样的人呢？你回想得起来的范围都可以说。"就算他询问了各种特征，桐子还是什么也答不上来。

"他的喉结很大。"

"嗯？"

"他的喉结……"总觉得有点难为情，话说到嘴边便吞了回去。

"怎么了？"但是，对方盯着她的脸继续往下追问。

"无论是什么，只要是还有印象的事情，都请你告诉我哦。"

"……对不起。我唯一有印象的就只有他是一个喉结很大的人这样而已。"

"像这种地方是非常重要的哦。谢谢你记起了这件事情。"

他露出一个微笑，在纸上写下了"喉结很大的男人"。他的字迹虽然不算多美，但是清晰可辨。

"这种人是不是其实根本不怕警察的啊。"

"嗯？"这次他再次问道。以男性来说，他的双眼皮非常明显,有着一双大眼睛。

"会不会是对于被警察逮捕啊、被抓进去坐牢啊之类的事情根本不会害怕呢……甚至是觉得多犯个几次,总有一次可以被抓到。"话说到最后几乎变成了喃喃自语。

"这个嘛,我也不知道。最近似乎有一些,该怎么说,有一些年长者甚至想要进监狱,确实是有可能不在乎被抓。"

"想要进监狱……?"

"对啊。在监狱里的话,又有饭吃,又有地方住,被照顾得好好的呢。"

"啊,你说的这些我之前在电视上有看过!"

"最近很常报道这个呢。"

"毕竟现实中真的正在发生啊。"

钱财被洗劫一空固然打击很大,但亲自让那种男人进到家中这件事更恐怖,感觉非常糟糕。桐子前一晚根本无法入睡。

"……不只是一楼而已,连二楼的房间里面也……我完全不知道他到底是什么时候跑到楼上去的,我明明就只有去一次厕所,还有回去倒两次茶,就只有这些时候离开座位而已啊。"

"人家就是办得到。毕竟是专业的,而且对方也是很拼命吧。"

"万一,他又跑回来怎么办?他都已经知道我家的内部构造了,要我怎么不担心?"

"会玩这种把戏的犯人都是很容易紧张的胆小鬼,我是觉得他应该是不会再来了,但是保险起见,我们这边会安排针对府上那一带加强巡逻的。如果,之后还有发生什么事的话,不管是什么小事都请你马上联络我们。不用跟我们客气。"

接着,几名警官跟着一起回到家里,采取了指纹,还告诉桐子除了110以外,可以直拨派出所的电话号码。

发生那件事后,桐子一个一个地打电话给委托她转交奠仪的白包主人们,解释了事情的经过之后一一询问对方包的金额,得到了大家一致的同情,也有人干脆地说:"你当然也不希望发生这种事情,没关系啦,我再准备一包拿过去就好了。"或者是:"你告诉我知子的老家住在哪里好吗,我再直接送过去就好。"

可是有一个人,白川君子,也就是"孤高郡主",就只有她不留情面地说:"我不能告诉你我包了多少。那算是我的个人隐私。好了，就这样！"说完，啪嚓一声挂上了电话。

真是出乎意料。这样一来，该怎么把被偷的钱还她呢？所以那句"就这样"又是什么意思呢？到底该什么时候赔偿她才好呢？

本来想要马上回拨问清楚这些事的，望着手机好一会儿，桐子改变了心意，把手机放下。"好吧，算了吧。"连句客套寒暄也没有就被挂电话很令人火大，瞧不起人似的冷硬口吻也很令人火大。反正，迟早还会在俳句社的时候再见到面，到时候，对方应该会自己过来说点什么吧。

光是继续住在那个家，都会感到害怕。结束了清扫工作之后，桐子去找了房屋中介，讲述了事情的经过。相田也表示高度的同情，然后再度和她一起讨论找房子的条件。桐子拜托他多帮忙花点心思找找，只要有好的房子就和她联络。

原本存款就已经只剩几十万了，这次的遭遇又丢了将近十万日元的金额，实在是损失惨重。但无可奈何的是，搬家这件事还是非做不可。可是，这个家一搬下去，目前仅剩的存款肯定全都会花光。

久违地到俳句社露个脸，有几个人马上过来关心："真是无妄之灾啊！""你一定很害怕吧！"他们纷纷说着。隆没有过来找她说话。甚至连往桐子这边看一眼都没有。他现在有了未婚妻这件事，大家都已经知道了。据说在桐子没有出席的时候，隆曾经带她来参与过一次课程。不过她好像说对俳句不感兴趣还是什么的，桐子来的这天她并没有到场。

这回的题目是"初雪"，隆吟咏的俳句是表述"初雪的洁白让我想起她的肌肤"这样的内容，与其说是"情诗"，根本就是"艳诗"。被大家的反应泼了冷水，但他只是摇摇头，丝毫没有收起春风得意的意思。应该说他似乎根本没有注意到有几个人直接皱起眉头。尤其是"孤高郡主"白川君子露骨得整张脸都扭曲了起来。虽然从奠仪的事之后就再也没有跟她联系过，但桐子第一次觉得和她意见一致。

桐子小心地叹了一口气，不让周围的人发现。隆这个人，之前作的俳句明明都是沉静又优美的作品。然而今天的作品别说质量，根本一无是处。桐子觉得这下连这个地方都没有自己的容身之处了。

就这样发生了一连串事情之后的某天，桐子一睁开眼睛，发现自己内心空空如也。那天是星期天，连打扫工作也是休息日。

脑袋里一片空白，整个人像一个空壳，觉得家里的空气好冷。

桐子看着天花板，直直看着，就这样看了一个多小时。

我这到底是怎么了……

该怎么说，总觉得自己好像什么也没有了。

没有朋友，也没有情人或是喜欢的人，虽然有工作，但也只是什么时候被解雇都不奇怪的打工兼职。

现在想想，根本连自己有没有真的喜欢过隆都不太确定。

搞不好，其实是因为可以跟知子两个人一起尖叫着聊他的事情，觉得那样的时间很宝贵罢了。

并不是现在突然失去了一切。只是现在才意识到自己本来就一无所有而已。

终于在月末的时候，收到了相田的联系。

"我终于找到桐子大姐您可能会喜欢的房子了！"

来到房屋中介公司，他马上就拿出房子的信息给桐子看。

"其实嘛，桐子大姐现在住的那边的房东门野大姐，她也有经营另一栋专门租给长辈的公寓。"

"专门租给长辈的公寓？"

相田一边说明一边把广告传单递过来。"应该说是高龄者专属的公寓是不是比较恰当？也不是说只有高龄人士才能去住，只是住起来比较友善，是这样的一栋公寓。比方说，配偶过世之后孤家寡人，自己一个人住觉得原本的家太空旷，不过生活上也还没到需要进赡养机构的程度，又有别的因素导致无法和亲戚同住，目前主要都是租给这一类的高龄人士。"

"嗯。"

"门野大姐对于高龄人口之类的社会弱势问题很关注，甚至还有出书哦。原本好像是为了探讨这个族群的居住议题，需要取材，结果反而被鸠占鹊巢似的变成现在这样了。"

社会弱势……这个词让桐子的胸口梗了一下。但比起那个，她现在更在意自己可能要住进去的屋子，于是接过了配置图。看起来就跟一般的单人公寓没两样。

"就是这张。虽然离车站是比现在那边稍微远了一点点，但走路也只要十二分钟而已应该没问题。屋龄五十八年的木造两层公寓建筑，含卫浴和一个厨房的格局。租金含管理费总共是两万八千日元。"

"这样的话，请务必让我……"

"我就说您会喜欢吧。我也是从之前就一直觉得这里很理想，可是这边太受欢迎了，热门到一直没有空房呢。直到不久前才终于有人退租。"

"那一位是……"

"嗯？"

"之前住在那间房里的那一位现在去了哪里呢？"

直到刚刚都还滔滔不绝的相田瞬间就沉默了。

"……他过世了。不过，他在房里才刚倒下，隔壁邻居就马上发现了，所以不是直接在那边原地往生的。叫了救护车把他送到医院之后他才过世的！真的不是凶宅！"他非常用力地强调。

"哦。"

事到如今已经觉得怎么样都无所谓了。因为桐子自己本身都已经变得像是幽灵一样。

"因为附近住的也都是年长者，所以可以互相关照也是这栋公寓的特色。也是因为这样，昏倒的那一位才能及早被发现。"

"原来如此。"

"这栋公寓总共有八间房，其中有六间住的都是长辈，呃，是曾经有六间。另外两间的房客是学生跟社会人士各一位。"

"整栋都归那个门野小姐管吗……？她之前说的那是叫什么来着的，她的职业。"

"自由写手？"

"对对，就是那个。"

"我之前也有跟您说过，她是一个蛮能干的人呢。而且她有很多很有意思的想法。因为这栋公寓很旧了所以一直卖不出去，入住率也越来越低，被她买下来之后改变了方针开始出租，结果马上就一间不剩地租出去了。房东大姐跟当地的民生委员还有区公所也都谈过了，相关的行政部门也知道这栋公寓主要的用途。"

"啊——"

"总而言之，希望您帮忙的一点就是，跟左邻右舍互相保持良好的关系和交流，或者应该说这是住在这边的条件吧。如果保证人不好找的话那我们就找担保公司吧。"

桐子盯着配置图和公寓的照片许久。就是一栋平凡无奇的建筑物，以前也住过这样的地方。完全感受不到像之前刚开始和知子一起住的时候既激动又兴奋的那种高昂心情。

但，人生啊，或许差不多就是这样了吧。

"那么，要不要实地去看看呢？"

面对相田的询问，桐子安静地点了点头。

从那天开始，桐子就忙不迭地准备起搬家的事。

虽然知子的东西已经全部交出去了，但还是相当于要把之前住的独栋别墅整个搬移到一个这样的空间里：厨房只有两张榻榻米大、房间六张榻榻米大，再加上一个壁橱。要尽量让搬家的费用降低的话，行李也得尽量减少。桐子丢掉了各式各样的东西，只将要带去的行囊塞进箱子里。

和中介谈好了之后，差不多在一周之内就必须把所有事情都搞定。还要请搬家工人，还要打包行李，搬完家的时候已经累得不成人形。

桐子的房间是二楼的边间，二〇四号房。

搬过来的隔天，桐子带着小小的包馅甜点，去拜访其他房的邻居。

租给上班族的那间，她敲了门但没有回应。很正常，毕竟是工作日。租给学生的是一楼中间的一〇二号房。对方戴着口罩来应门，对于桐子的问候，只弯下脖子点了个头。桐子甚至连他的声音都没能听到。

他隔壁的那间，一〇三号房住着一位身高很高、身形过瘦的年老女性。门牌上写着元木幸江。

"你住那个二〇四号房？咿啊啊啊！"她大声尖叫道，

连脸都扭曲了。

"换作是我，才不要住那边呢！你想想看，那种地方！"她说着，一边上下瞄着桐子的脸。

"……这话是什么意思？"

"你竟然有办法住那种尸体躺过的地方吗，我的意思是。"

"咦。"对方直接说出意料之外的话，桐子倒抽了一口气。

"换作是我，一定浑身不舒服啊，绝对没办法的。"

"你说的尸体是指前一位房客的意思吗？"

"对啊，坂田先生。就是死在那间房里的嘛。"

"……可是，不是说被救护车载走了吗？"

"哎呀，中介跟房东当然要那样说啦。但是，救护车来的时候应该是早就已经死掉了。"

"你说的是真的吗？这件事你是听谁说的？"

她没有回答桐子的问题，一副快要吐了的样子说着："恐怖恐怖。"

然后，仿佛把桐子当作那具尸体似的，一把抢过她手上的点心盒之后就直接关上了门。

不论是中介还是房东，对这件事都只字未提，不知道她说的是不是真的。

最后，拜访住在自己隔壁，二〇三号房的鹤野次郎的时候，桐子心一横，决定直接问他。

"啊哈哈哈哈，没有那种事啦，不要紧的。"跟鹤野这个名字很相配，有着很白的肤色和红红的脸颊的老人大笑着说。

"坂田先生虽然是昏倒了但是确实还有呼吸哦。救护车是我叫的，我不会弄错。"

桐子抚着胸口安心了下来。"这样啊。那真是太好了……"

"幸江小姐竟然那样乱讲。"

"为什么她要那样跟我说呢？是不是，她可能对这件事有什么误会呢？"

"不是啦不是啦。"他把手举到脸前摆了摆手。

"她就是个坏心眼的老太婆。坂田先生的房子空出来之后，她自己很想住进二楼的边间，就跑去缠着人家说要换房间，不只要求原本的租金不变，连押金跟中介费也不愿意给，结果被拒绝了。所以她就很不甘心，这才乱说话。"

二楼的边间比其他房间贵一千日元这件事桐子也事先听说过了。

"原来是这样。"

"她人其实本性不坏，你别往心里去哦。"

说这种带着恶意的谎话的人也算是"本性不坏"吗。

原本只预计搬家前一天和搬家的当天请假不去打工，但隔天桐子就得了感冒，不得不休息一阵子。

桐子一直睡，什么也没有做，眼泪却毫无理由地啪嗒啪嗒掉了下来。

才刚变成孤身一人，马上陷入不得不住进疑似凶宅的窄小房间的窘境，甚至还被邻居找麻烦。

就算是凶宅好了，不如说，如果是的话还好一点。比起凶宅，知道有人毫无理由地对自己抱持着敌意，而且今后还必须跟她在这么近的距离下相处，这才是最令她感到不安，恐惧到不行的事。

我明明没有做错任何事啊。

想到这里，就觉得连那个圆脸的中介还有挂着一副眼镜的房东都好可恨。

"就剩这一间了""这间房是最适合桐子大姐的""我也很希望可以租给你住"，根本是故意讲这种话，然后把自己丢进一间惊世骇俗的房子里。

但是，就算想要搬走也没有钱搬。存款几乎花得差不多了。

看来除了住在这里以外也别无他法了。得在这里住到死。

对，就算被那个女人故意找茬，自己也没有其他地方可以去了。完全是无处可逃。

不对，这么说来，可以在这里待下来还算不错的，以现在没有存款的情况来说，什么时候会被赶出来都不稀奇。然后还请了快要一个礼拜的假，下个月的薪水直接少了一截。下个月的租金究竟付不付得出来呢。

一旦没办法去工作，满脑子就都想着不好的事。

真的，进去牢里蹲搞不好还比较好呢。桐子一边钻进棉被里，一边这样想着。

桐子来到隔壁镇上的超市。打工结束回家的路上，提前一站下车来到了车站前的超市。平常没怎么来过这边，但听说这家稍微便宜一点。反正地铁是月票，桐子觉得，为了省钱，应该可以试着来这边买东西。

感冒好不容易好起来了，从几天前就回去工作了。但不知道是不是因为心不在焉，身体十分沉重。只要一动就感觉骨头在嘎吱作响。

可是，要是再请假，大概就真的要付不起租金了，所以还是勉强自己工作。总不能才刚搬过来，就迟缴房租吧。

桐子在超市里一个一个、费尽心思挑选商品，精打细算一番才放进购物篮。

一个礼拜的伙食费必须压在两千日元以下才行。今天可不能花超过一千日元。豆芽菜、豆腐、纳豆、鸡胸肉……放进篮子里的时候，想着鸡胸肉太硬了于是换成了猪绞肉。虽然是贵了一点，但是不吃肉的话感觉身体会越来越差。也想吃点鱼，就拿了一片九十九日元的开背竹荚鱼……犹豫了一下还是放了回去。果然鱼还是太贵了。熟乌冬面三人份只要六十八，真令人开心。绞肉就做成肉丸子，再拿一些青菜就可以煮成火锅。最后再放个乌冬面下去就能填饱肚子了吧。

排队结账前，先去了一趟面包区。超市自有品牌的吐司，一条只要八十九日元。这也是一个随便吃就可以吃饱的选项。正准备拿起吐司，却发现和菓子甜点就摆放在一旁。桐子被粉红色的草莓大福吸引了目光。

说起来，已经好久好久没有吃甜的东西了。

桐子本身并不像知子那么喜欢甜食。但是，一旦真的很久都没碰，就会突然变得有点想吃。桐子想要买个草莓大福回去，先在知子的遗照前供奉过之后，再把它吃掉。

草莓大福一个要一百二十块。比起一条吐司贵多了。一条切成八片的吐司，可以吃上一个礼拜，但草莓大福一瞬间就没了。

可是，想买给知子吃啊……桐子非常非常犹豫，还是暂且把它放回了架上。

我竟然已经沦落成连一个一百块的大福都买不下手的人了啊，桐子觉得好难过。

最起码，要是没有被那个白包小偷洗劫的话，明明可以稍微过得宽裕一点点的。哪怕是那时候被偷的几万日元当中的一万日元也好，要是拿得回来的话，现在就买得起大福了。

又逛了一会儿，突然，桐子想道：如果我把草莓大福塞到包里，然后直接通过收银台的话，会怎么样呢？

我自己也遭小偷了啊，区区的大福，我拿一个走又有什么关系。

不行不行不行不行，桐子甩了甩头，想把那个想法抛到脑后。

所谓人穷志短说的就是这种情况吧。但就算再怎么没钱，也不应该堕落至此。绝对不能堕落成那样。要是被抓到的话搞不好是要去坐牢的。

去坐牢?

进监狱，那不正是自己想要的吗?

进了监狱的话可就轻松了。不管是三餐还是住处都不需要再担心，生病了也可以看医生，甚至说不定还可以得到照护服务，桐子想起这件事。

如果在这里被逮捕的话，就可以进监狱了。那我就解脱了。

桐子回到卖面包的区域，伸手抓了个草莓大福。接着，不是放进购物篮中，而是咚的一声丢进了自己包里。

然后，她规规矩矩地走到收银台，把其他的东西都结了账，放进购物袋里，再若无其事地走向出入口。

心脏怦怦直跳。虽然脸上一副平静无波的样子，但心脏简直像要坏掉了一样大声作响。这种事情要是再做一次搞不好就会死掉了吧。

没有被任何人斥责。尽管如此，双脚还是直发抖。

桐子走出店外。

竟然这么轻易就做到了这件事。

虽然心里是想被抓起来的，但还是松了一口气。

就在此时，有人从后面用力地抓住她的手腕。

"这位客人！"

真的觉得自己的心脏要停了。

"那件商品,刚刚还没有结账对不对!"

桐子就那样被抓着手腕,当场双膝一软跪了下来。

第二章

假币

"这是第一次吧?"

桐子被带到超市后面货仓区的一个小房间里。

"是。"桐子嗫嚅地用细微的声音答道。

"我在问你,是不是第一次!"

直到对方"磅!"的一声拍了桌,桐子才好不容易把头抬起来。

对方是个穿着开襟上衣搭配休闲裤、打扮很随性的女性,刚被带进来的时候,她身上还有一件短版羽绒外套,现在已经脱下来挂在椅背上。

虽然衣着看起来就是个普通的主妇,但不知道是不是店长之类的人物。

几个店员在她后方来来去去。通往走廊的门敞开着,更深处应该是员工休息室或那一类的地方,一直不断有人经过。大家经过的时候,都会往这里多看两眼。绝对称不上是死盯着瞧,就只是当作日常光景那般,视线稍微朝这里瞥了一下而已。

虽说如此,但也没有人真的连看都没看一眼。每个人都一定会转头往这里看。

实在是丢脸到不行。

"我叫海野律子。"

对方的声音很沉静,完全令人联想不到刚才拍桌的模样。

"你呢,叫什么名字?"

"一桥……我叫一桥桐子。"

"年纪呢?七十五?七十六?"

"咦?"桐子小小吃了一惊。

虽然现在这个情况下这么说实在太厚脸皮,但桐子很少被别人看出实际年龄。大概都会被问是不是六十几岁。桐子对自己看起来比实际年轻这点颇有自信。

"最近的老人看起来都好年轻啊。不过,我是算过这点才推测年纪的。毕竟我在这边也是遇过很多老人家。"

"哦……"

"所以？你几岁？"

"七十六岁。"

"猜对了吧，叮咚叮咚！正确答案！[1]"尽管说着这种台词，律子的脸上却毫无笑容。

"你应该不是家庭主妇吧？"

"啊，对。"

"尽管一眼看起来，通常会被误认为是个好人家的太太，但可瞒不了我。因为你身上，没有太太的味道。"

太太的味道指的到底是怎样的味道呢？

"……这样子啊。"

"你该不会，从来没有结过婚吧？"

"对……你又说对了，叮咚叮咚，正确答案。"

这时候，她终于微微地笑了。

"一般来说，这种程度的盗窃可能根本就不会被抓。"

"是这样子吗。"

"啊，我的意思不是说，因为这样就可以随便你乱来哦。"

"嗯，我知道。"

---

1 原文ぴったしカン・カン为日本1975～1986年间的猜谜型综艺节目。

又不小心低下头。实在是太丢脸、太难为情了。

"是因为我今天刚好到这里来。我大概每个礼拜只会过来这边督导一次,平常是由其他调查员负责的。"

"原来你不是这家店的店长吗?"

桐子重新审视了律子身上的服装。确实,她既没有穿制服,也没有戴任何店长的名牌。如果冷静下来应该看得出来才对。

桐子因为工作的关系,也会被派遣到各式各样的公司或是店里清洁,对于观察人们散发出来的气场这件事明明应该得心应手才对,果然还是因为处在惊吓之中吧。

"不是不是。我是专门调查盗窃的调查员。在这条街上,一心一意地做了二十年,是专门做这方面的公司派来这边执勤的。你不知道吗?电视也有播过吧,盗窃调查员 G-man[1] 之类的节目。"

"那个我知道,可是从来没有认真看过。"

因为知子讨厌那类的节目,所以就没看了。像是犯罪实录类型的"警视厅二十四小时"之类的节目,她每次都会一边说"好可怕好可怕"一边转台。

1　万引きGメン,日本独有的职称,通常是由各商场、店铺向保全公司聘雇,专门取缔盗窃的特派保全人员。

"平常的话，通常是会由管理超市的上级公司派他们自己的调查员过来，我是偶尔才会过来督导。"

"啊。"

"你啊，因为行为很可疑，所以我早就跟在你后面了。就连你是第一次做这种事这点，只要是像我这样有经验的老手，也是一看就知道了。"

"原来有这么一回事啊。"

"反过来说，如果是惯犯的话，不管再怎么哭着说'我是第一次''我只是一时冲动'，还是马上就会被我识破的。"

"真厉害啊。"

"七十六岁，单身，从来没结过婚，第一次偷东西。不对，就连做坏事本身都是第一次对吧？"

"是。"

"你也不是因为真的太想要这个了对吧？我说草莓大福。"

"嗯。"

"我就知道，我全都知道。"

"你说得对。"

"你看着我，好好看着我的眼睛！"

桐子又一次被拍桌，还被狠狠地瞪着。

"请你全部都说出来，要说实话。今天，到底为什么，一个乍看是个良家妇女的人，会在这家店里做出人生中第一次的盗窃行为？"

桐子被她强力的目光逼得瑟瑟发抖。

"就算你想骗人，也马上就会被我看穿哦！"

"真的很对不起。"

回过神来，自己已经把手按在桌子上，深深地低下了头。

桐子把一切都说了出来。

虽然一开始是打算简单扼要地说明，但律子是个很好的听众，"真的假的？这样啊。你也是很不容易啊……"像这样，她都会在合适的时间点做出适当的响应，结果一个不留神，已经交代得巨细靡遗，甚至连白包小偷的喉结很大这种事情也说了。

"你是想要被抓啊！"说到最后，就连什么都懂的律子也吃了一惊。

"不是啦，我想我也不是真的完全是因为这个原因才做的。我就连自己在想什么也都搞不太清楚。"

"那，你说说你清楚的部分就好?"

"大概是，太多的情绪一下子混在一起，搞得我心里乱七八糟的，才变成这样的吧。钱被偷了很懊恼、知子走了很寂寞，结果就，心情不稳到觉得干脆被抓走好了……"

"唉，我也不是不知道最近的确有这样的人，但在我的想象中，一直以为会是年纪更大、看起来就会一犯再犯的老男人。我实在没想到你居然也是那样想的。"

"真的很抱歉。"

"原来如此。"她用手掌扶着前额，垂下了头，"可是，这种程度的盗窃，在当今这个世道，根本就不会叫警察啦。"

"啊。"实在有点失望，桐子叹了一口气。

"只偷了一个东西就叫警察的话，大概也会被对方摆臭脸吧。我就跟你透露一件事吧，就是他们也没有这么闲。"

"嗯。"

"之前，有一个真的连一块钱也没有的游民被带来这里，我们心想如果他被拘留的话，不但可以遮风避雨，甚至还有东西吃，所以不如说我们是基于体贴才叫了警察来。结果，警察只是狠狠骂了他一顿之后就收工。之后我们只好把他的家人找过来。不过，你好像是连家人也没有了对吧。"

"嗯。"

"刚才听你说了那么多，其实是在探听你的弱点。找出这件事情你最不想让谁知道。你最不希望我们去找的应该是那个……你姐姐的小孩啦、房东啦、隆先生啦、知子的家人这些吧。"

真的毫无保留地全都说出来了。连一丝隐瞒都做不到。

"但是，我也没办法把那些外人叫来这里啊。"

自己已经是一个，就连偷了东西都找不到担保人来帮自己交保的人了。

"真的很抱歉。"

"但我先说，下次你要是再犯的话，我会通知的，毫不犹豫地通知他们哦，你的那些外甥还是侄子的。"

"……可是我连他们住在哪里都不知道，而且我觉得叫了他们也不会来。"

"就算是叫不来的人，也会被逼得不得不出面啊。"律子一脸寂寞地望着桐子的脸，"我还是觉得你和其他人真的很不一样。"

"有吗？"

"你觉得人为什么会偷东西？"

"为什么？那当然是因为，很想要某样东西吧？因为没有钱？只靠退休金实在不够生活之类的？"

"虽然你说得也都没错，可是最主要还是因为赌徒心理。"

"啊，是因为把钱拿去赌光了之类的原因吗？"

"不是啦，不是啦，我是说偷东西本身就是赌博的意思。"

桐子歪着头，没有听懂。

"我也觉得像桐子你这样的人应该是不会懂的。就算是钱很多的人也会偷东西的。一般来说，抓到小偷之后，都会发现他钱包里的钱绝对买得起他偷的东西。而且，那种人都不懂得珍惜。"

"你说不懂得珍惜是指？"

"到底是为什么呢。不知道是不是因为没花到自己的钱才那样。很奇怪，他们偷了食物之后都不会珍惜。如果被别人指责他偷东西，就会毫不在意地把食物随便乱丢在路上。"

"真糟糕。"明明自己也偷了东西，却没多想就脱口而出。故意把吃的东西丢在路上，真是令人难以置信。

"盗窃行为就是一种容易成功的赌博。赛马、赛车之类的都是被经营者赚去了一半，赌赢的概率也很低。但是，如果是盗窃，只要干得够漂亮，就几乎不会被抓，稳赚不赔，所以有很强烈的快感吧。"

"原来如此。"

"我在来做这个工作之前，也不太知道偷东西的人在想什么。就算被抓到还是一而再再而三地再犯到底是什么意思，我实在搞不懂。但是，把盗窃理解成赌博之后，一切就全都说得通了。"

"原来真的是这样吗？"

"可是，你给人的感觉，完全没有任何一丁点的'快感'啊。"

"对。"

"所以我就觉得你不是一般的盗窃惯犯。不过，绝对不要再做这种事了哦！"律子语气强烈地说。

"绝对不能再往这个世界跨一步了。也许现在不这么觉得，但难保有一天，盗窃就会变成一种快感了。"

"好的。"

"我个人是绝对不希望桐子你变成那样的。我希望这件事就在这里到此为止了。"

"谢谢你。"

"盗窃的事情还是要经过店长衡量，之后要怎么处理也是交给店长决定。不过,你的情况是只偷了一件商品,只要把钱付一付,应该不会严重到叫警察来。我也会替你说话的。"

"真是不好意思。"

"所以,真的绝对不要再这样了哦。"

"好。"

"我固定礼拜五会来这边。如果有什么事,你来跟我说。"

"这怎么好意思……"

"万一,你要是又突然想干吗了,你就来找我。我都会听你说的。"

"你人真好啊。"

不由自主地,泪水涌了上来。

"不知道为什么,总觉得不能放着不管。除了桐子你之外,也有几个人像你这样,他们也都会过来这边聊聊。"律子轻轻微笑道。

"真的很谢谢你。还有,非常对不起。"

桐子站起身,深深地低下头。

照律子说的,通知了店长,桐子又被念了几句之后,当天就被放回家了。

回家的路上，她的眼泪一直停不下来。

接着，大概是因为走得心不在焉的关系，一不小心走回了之前的那个家……和知子一起住的那个家。

那栋房子现在大大地贴上了"出租"的广告牌，桐子在屋前呆站着，怅然若失地凝固在那里。

才隔了几周不见，那栋房子看起来冰冷得出奇，真是不可思议。房东似乎动作迅速地找人来清理过了。应该是连墙壁跟屋顶都洗刷过了，看起来整栋房干净利落。院子里，照理说应该有几棵知子和桐子一起照顾的庭园景观树才对，但连那个都被不留痕迹地清理掉了。

刚开始住进这里的时候，她们通过中介跟房东确认："可以种一些树木造景吗？"得到了"如果不会长到太大的话可以"这样的答复。明明是那样说的，还真没想到才刚搬离开这个家的瞬间，就真的被连根拔除了。

"丁香，紫丁香。"不经意地，桐子喃喃道。

庭院的一角种着知子喜欢的紫丁香，就是那种叫作丁香的开花灌木。后来，也种了桐子喜欢的栀子花。

有一本叫《丁香花下》的少女小说，桐子跟知子小时候都读过。一开始就是因为这个话题，高中时代的两人才变成好朋友的。

　　高中的第一堂语文课,老师要他们介绍一本自己喜欢的小说代替自我介绍。当时视力已经不太好、身材又矮小的桐子坐在第一排。她第一个被点名,猛然浮上心头的就是这本书,于是她直接就说出了《丁香花下》。

　　"没听过哎。我没读过这种书。"姓神部的语文老师好像要划清界线似的这么说,可能是因为他的态度明显不友善吧,教室里传出一阵哄笑。

　　其他同学口中说出的都是太宰啊、芥川啊,或是夏目的小说,桐子觉得实在太丢脸了,直到下课前都一直不敢抬起头。

　　语文是桐子最擅长的科目,她本来还很期待的,没想到上了高中之后,大家都一副装大人的样子,让她觉得好难过。

　　下课后,有人从后面点了桐子的肩膀两下,那个人就是知子。

　　"我也喜欢奥尔科特唷,非常喜欢。"

　　"真的吗?"知子脸上漾起笑容。

　　"你读过《小妇人》了吗?"

　　"嗯嗯。"

"我最喜欢乔了！"

"我也是！"

"那奥尔科特的《她的名字叫'玫瑰'》呢？"

"那本我还没看哎！"

"那我明天带来借你吧！"

那之后她们就成了一辈子的挚友。

最喜欢小说中的乔的知子，本身是个身材高挑、看起来端庄贤淑、内心却有着滚烫热血的女性。不论是赛跑还是打篮球，在班上都是数一数二，非常受人欢迎。要是没有知子，桐子的高中生活肯定会完全变成不同的样子。

《丁香花下》后来被重新编译，以《丁香盛开的家》作为书名重新出版。"这个书名翻得比较好对吧！"桐子和知子针对这件事聊上了一阵子。

刚搬到这间房子来的时候，她们在车站前的花店看到了滞销的紫丁香盆栽在特价，只要几百块。小小一盆，花也几乎都凋谢、掉光了。她们费尽心思地照顾，努力浇水，有时还用洗米水养育它，却始终没有长大多少。不过话说回来，还是看着它开过两次花。知子很怜惜那仅有的几朵花，会把它们铺在广告传单上晒干，想做成押花保存，尽可能地把它们留存下来。原本就像米粒一样小的紫色花瓣，干燥之后缩水成了芝麻般的大小。

"变成这样也是无可奈何呢。"知子这么说，一边把它们装进小玻璃瓶里。

那些小芝麻粒现在到哪里去了呢？想不起来了。可能是在知子的儿子们来拿她的遗物时，混在那堆东西里交给他们了吧。

桐子一边想着这些事情，总算是拖着步伐回到了自己的公寓。公寓跟之前的家相隔了地铁一站的距离，也就是说她走了二十五分钟以上。

腰跟腿传来了强烈的刺痛感。

桐子回到房间打开了电暖器，把双手在暖炉前相互摩擦。

自己这样真像一只苍蝇啊，桐子心想。

桐子已经很久没做这样的动作了。之前住独栋的时候用的是瓦斯暖炉。虽然会花上一笔瓦斯费，但一开就会马上暖和起来。那是之前搬家的时候，知子从以前和先生一起住的家里带来的。有了那个暖炉和被炉，就几乎感觉不到冬天的存在了。知子和桐子两人还小的时候，都还是用火盆取暖的年代，她们可不怕冷。

但是，那个瓦斯暖炉已经交还给知子的儿子了，这栋公寓也没有天然气的管线可以接。再怎么说都没办法用那台暖气了。

桐子钻进被炉里直发抖。本来想着只要房间变暖了，就要去把电暖器关掉，却一直没办法去关。

桐子打开包，把今天买的东西一样一样拿出来，最后买下的草莓大福滚了出来，掉在地上。桐子注视着地上的草莓大福，泪水又再度溢出了眼眶。

虽然最后是自己花了钱买回来的，但是一点都不想吃。仿佛那是被玷污的脏东西似的，无法伸手去碰。

甚至也没有办法把它供奉在摆了父母牌位和知子照片的佛坛上。居然曾经想要把这么脏的东西送给知子，真是不知道自己在想什么。

哭了一阵子之后，还是必须自己从包里拿出手帕、把眼泪擦干。桐子现在只剩自己一个人了。就算再伤心也只能自己一个人停止哭泣、自己一个人擦干眼泪。

桐子站起来，去小小的厨房烧了一壶水。然后仔细地泡了一杯茶。

她把茶端回被炉，伸手捡起了掉在地上的草莓大福。然后撕开包装纸，把它放到小盘子上。

她静静地凝视着那个淡粉色的圆形糕点。

虽然做不到把这个大福供奉给知子这种事，但总归是自己造的孽。不对它负起责任可不行。而且，食物本身并没有罪。律子不也说盗窃惯犯对偷来的东西都很不负责任吗？桐子一点都不想变成那样。

注视了约莫十分钟之后，桐子拿起大福轻轻凑到嘴边。

"好好吃。"

软嫩的麻糬皮、香甜的红豆馅、酸酸甜甜的草莓，全部加在一起送进嘴里。美味在口中扩散，就算再怎么伤心还是只剩下"好好吃"这种台词。

对了……桐子想起一件事。

有一次，知子带了一大袋促销特价的大福回来。听说是快要过期的特价商品，最后还是没卖掉，她就把那些报废的大福拿回来了。另外，她还用七折的特价买回了一整箱盒装草莓。

"这怎么吃得完呀？这么多可怎么办才好。"

呵呵呵，知子恶作剧般笑着，把堆成一座小山的大福都切成两半、放在盘子上。又拿了一个盘子，用来装洗干净、摘掉了蒂头的草莓。接着把两个盘子都摆到桌上。

"就这么办。"

她拿起对半切开的大福，紧密扎实地把草莓塞进红豆馅里。然后，把麻糬皮和红豆馅捏一捏，完美地将草莓包了起来。

"啊。"

"你看，就像这样。"

知子拿在手上的，是一颗草莓含量比一般大福多了整整一倍的草莓大福。

"来，请用~"

"好厉害。"

"这个点子我从之前就一直在想了。所以一直很想试试看。今天刚好有要报废的东西，我就趁机连草莓一起买回来了呀。"

两个人吃草莓大福吃得好饱，那天的晚餐就只吃草莓大福。就连隔天的早餐也是。

"这样吃简直是小时候的梦想啊。"

"但是可不能被孩子们看到呢。"

"感觉血糖就会超标。"

"真是的，都这把年纪了。让我们吃自己喜欢吃的东西吃到死嘛。"

然后，就真的死掉了。

不过，知子是不是真的没有遗憾了呢？

真希望如此。桐子一边吃着草莓大福，一边想着。

接着，她下了个决心。

不能给别人添麻烦。要认真地思考怎么犯罪了。一定要想一个可以进监狱，还可以在那里待到死的犯罪方式。只希望不要害外甥、外甥女被说闲言闲语。还好，他们跟自己不同姓氏。如果真的犯了罪被逮捕，万一被报道出来的话，应该也不至于给他们添麻烦吧。

好歹也要自己一个人处理好自己的结局。

自从知子住院，桐子只要一有时间，就会到医院去探视。

过世前一个月左右，她就预知了自己的死期，然后说："对不起啊。"

她已经连坐起身来的力气都没有了。

"道什么歉呀？"

桐子在知子的枕边打着毛线。她是向手很巧又喜欢做手工艺的知子学的，正用勾针织着一个装饰图样。她打算之后把它织在一件披肩上，冬天就可以让知子在床上盖在胸前保暖。

在医院聊天的时候，毛线真是个不错的小道具。

"对不起，我要先走一步了。对不起，留下你一个人。"

桐子一惊，手便停了下来。

"我还想送桐子最后一程的……啊，这样说出来也不太对，不能这样说。这样听起来好像我想活得比桐子久一样呢。"

当然，她明白知子的心意。

"你呀，说这什么话嘛。"桐子小心地拿捏力道，捶了一下知子的肩膀。知子瘦削的肩头好像小鸟那么轻，仿佛睡衣底下什么也没有。

"我接下来还要活得很久呢，活到很老、很老，还要谈恋爱，要过得很幸福。"明明已经用尽了全力忍住，说到一半却还是嗓子发颤，终究哭了出来。

"对不起啊。"知子也哭了，"但是，桐子你要活到很老很老哦。"

"好。"

"答应我了哦。"

对。我要活下去，已经跟知子说好了。

唯有对她，桐子既不能说谎，更不能不守信用。

远方传来了打鼓的声音。

咚咚咚、咚咚、咚哒哒咚。

究竟,是为谁而打的鼓声呢?这附近刚好有庙会吗?还是哪里的学校在举办运动会呢?不过现在可是冬天啊……

想到这里,桐子忽然醒了过来。这才明白祭典的鼓声原来是敲门声。

"来了来了。"不自觉地脱口而出响应道。

然后,桐子才醒悟到,既然都已经出声响应了,就更没有理由不去应门,这让她更加着急。

可是,低头一看,自己只穿着一件粉红色的睡衣。虽然是胸前有花边领子的那种,但总之还是不可能穿成这样去开门。

"来了来了,请稍等一下。"

从猫眼看出去,外面站着一个没有见过的老人。是个八十岁左右的男性。

情急之下,桐子直接把挂在厨房的围裙往身上一套,再捡起昨天穿过的长裤,把双脚塞了进去。觉得自己已经拼了老命,用最快的速度完成了,实际上动作却没有多快。敲门声变得更用力了。这时,桐子才发现天还没有全亮。看了看墙壁上的挂钟,都还没六点。这种时间,到底是有什么事呢。

回到门前,再次从猫眼往外看。出现在眼前的,是一个一看就知道心情不好的男人。穿着灰色的运动服,有一张四四方方的脸,嘴角向下撇成"へ"的形状,眼睛滴溜滴溜地瞪得大大的,一双厚唇显得很红。桐子想着这样的长相好像跟什么有点像,原来是跟鬼面具一模一样啊。她吓得起鸡皮疙瘩。

可是都已经出声响应了,不开门实在是说不过去。毕竟这是一栋专门租给高龄人士的公寓,可能是这里的租客吧。但是,也可能是奇怪的可疑人士啊。

"请问您是哪位呢?"

"石丸。"

"请问是哪一位石丸先生呢?"

"一〇四号房的石丸!"得到了怒吼般的回答,桐子缩了缩脖子。不过,果然是同一栋公寓的居民。

桐子恐惧又小心地把门打开了一条缝,结果被对方一把用力拉开。冷空气瞬间灌进房里。

"你在干吗啊!"突然又被吼了,桐子又缩了一下脖子。

"不好意思。"虽然完全没搞清楚现在是什么状况，还是毫不犹豫地立刻道歉了。

"我说你啊，你以为现在几点了！"

"……六点……吗？"

"五点，现在才五点五十分！根本还没六点。"

"呃……"

自己究竟做了什么事都还不知道。可是，石丸现在又很生气，根本没有插嘴的余地，因此，桐子只能听他骂上一阵子。

"那个……不好意思。请问，我到底是做了什么呢？"

终于插得上话的时候，已经听他吼了差不多五分钟。这段时间里，石丸像台坏掉的录音机般重复着差不多意思的话，内容大概是：你是不是疯了？真不敢相信！我以前啊，在公所上班，还当过大学讲师，之前住过的地方都没有遇过像你这种人……

"你这个人，一大早就在房间里胡搞瞎搞是在干吗？啪哒啪哒地吵个不停，别人怎么睡啊！你给我适可而止！"

"我没有胡搞瞎搞，我一直都在睡啊，反倒是现在才被你叫起来。"桐子终于弄清楚原因，赶紧解释道。

"还不承认！你就一直啪哒啪哒、啪哒啪哒地不知道在干吗！我都听到了！你房间根本就像有乐团在里面一样吵得要命。如果你说不是你干的，那一定是找了什么人来家里吵闹吧。"

"我没有，真的没那回事。屋子里就只有我一个人而已。而且，这不是还没六点钟嘛，我根本就还没起床啊。直到你跑过来之前，就真的直到刚才的刚才我都还在睡。"桐子再次重申，石丸瞬间沉默了。虽说微乎其微，但他的眼里确实掠过了一丝迟疑的神色。

"我昨天，整天都在外面做打扫的工作，回来已经很累了，根本不可能半夜吵吵闹闹。"

"我做的可都是一些比较有贡献的工作呢。"

"您还真是了不起，但是总之，我没有吵闹。"

"石丸先生。"隔壁的门被打开，二〇三号房的鹤野探出头来。应该是听见了两人的对话。

"不是一桥啦。我就在她隔壁，一桥小姐一直都安安静静的。"

石丸沉默地看着鹤野。

"一定是哪个送报的还是什么的在走廊胡闹吧。"

"可是真的很吵啊……"

鹤野对桐子使了个眼色，过去揽着石丸的肩。身形矮小的鹤野光是要搭上石丸的肩，看起来都很吃力。他尽可能地伸长了手，安抚地拍拍石丸的背。

"好啦，送报的已经走了，可以回你房里了吧。"鹤野说着，陪着他一起走回房间。他跟鹤野就很好说话，不知道是不是因为对方是男人的关系。这么一想，桐子就更觉得生气了。

"真不好意思。"桐子虽然还是不知道缘由，但还是对着走回来的鹤野低下了头。

"没事啦。他就是稍微有点这个。"鹤野用手指尖点了点太阳穴。因为同样是老人，他表现得很直接。

"他有时候就是会听见别人听不见的声音，看到别人看不到的东西。尽量不要跟他正面冲突，听他说就好，他发泄完就没事了。"

可是，突然被这样怒吼实在很可怕，心情绝对不会好。

"唉，不过他再严重下去的话，也是得去跟房东或是中介讨论一下该怎么办呢。"

"这样啊。"

"之前已经跟他们报告过了。"

"那个人，他说他是公所的人？"

"他以前好像是在哪里做公务员吧，可是他的儿子们好像都跟他合不来的样子，那个叫什么，下乡就职？总之据说从东京跑到乡下地方去工作了。"

"听起来很寂寞呢。"

"目前的话，他白天都会去日间照料中心。"暂时就先观察着吧，鹤野说完，就回自己房里了。

桐子试着钻回被窝里，但早就已经清醒过来，再也睡不回去了。于是她来到厨房，烧了一壶水，再泡了杯茶，走到被炉。

然后很深、很深地叹了一口气。

一早被人敲门吵醒已经很令人恼火，又被怒骂了一通，到现在还是觉得很火大。她打从心底希望自己未来不要变成那样，如果老到变成那副德行，光是想象就觉得好恐怖。但同时也不得不承认，确实让人感到"悲哀"。

毕竟石丸的孤独和老态，在自己身上也都有。

一进到吸烟室，正一个人待在里面的年轻男性匆忙把正在抽的香烟按进烟灰缸。

"哎呀，你抽没关系的。这里是吸烟室嘛，你不用顾虑我，不然都没办法好好放松了吧。"

"不会，我没关系。反正也差不多抽完了。"

"我会尽快扫一扫的。"

这是一栋七层楼的商住两用大楼,一周里面,桐子有一半的时间会来这里打扫,也就是说一周会来三天。大楼的三楼到六楼是公司。

这里的楼层装潢被称为商住两用楼的话有些老土,现在好像要称作"办公大楼"比较正确。可是这栋大楼屋龄又高达四十多年,从外观上看起来确实很旧了。几年前是由买下这栋大楼的公司进行了大规模的改装工程,把内部装潢得富丽堂皇。桐子自己是觉得,不如干脆把外观也整修一遍不是比较好吗,但听说在年轻人看来,这种复古风反而更时髦。

刚才把烟捻熄的是一个看起来二十岁中段左右的男子,身材干瘦、个子很高,头发一直都毛毛躁躁的。身上穿的总是不显眼的格子衬衫配上休闲裤,再加上一副土里土气的眼镜。

有时候,桐子在吸烟室或办公室会跟他聊上两句。我没有女朋友啦,他之前这么说过。不用说也知道,桐子心想。每天从早上到深夜都在工作。这里一定就是那种电视上说的"黑心企业"吧,桐子心里是这样想的。

桐子就连他的名字都不知道。虽然他胸前挂着员工证,可是那上面只印了员工编号而已。

"你就放心抽没有关系啦。你慢慢抽。"

每一次，只要桐子进来，他就一定会把烟捻熄。大概是在意二手烟的危害之类的。

"没，我正好要走了。"

"我们这个年代啊，从以前就一直都在抽烟抽个不停的男人身边工作。就算少吸这么一点点二手烟，也不会有什么改变了。也都活了这么久了。"

哈哈哈哈，他无力地笑了。

"既然你都这么说了，那我就不客气地再来一根啰。"他说着，又点起一根烟，很享受地抽了起来。

几年前，平安夜的隔天一早，桐子遇见了加班到直接睡在公司的他，于是问他："你圣诞节都没有去哪里吗？"之后，他们就成了会互相打招呼的关系，偶尔聊上几句。

桐子看着他眯起眼睛品尝香烟的样子，就在想，年轻的女孩们怎么都没有发现这孩子的好呢？为什么都没有注意到这个小鲜肉呢？大家都在喊找不到对的人，一定是没有好好关注自己的周遭啊。

桐子并没有兴趣把年轻的男子纳为自己的囊中物。但是，实际上她也不是不懂年轻男子的好。不，应该说正因为不可能把对方当成交往对象，所以总觉得比起年轻的时候，更能冷静地发现他们的优点。

他很亲切,又是最早到公司、工作到最晚离开的勤劳员工,因为人太好总会被塞许多工作任务。要说的话,肯定是个绝佳的结婚对象。

"你有没有好好吃饭啊?看你都瘦了。"桐子一边动作利落地把烟灰缸里的东西倒进收集桶里,一边关心道。她想尽快结束这边的清洁,好让他安心放松一下。

"平常都不太饿。"

"你就是太忙了。怎么不去跟社长反映一下,跟他说你的工作量太大了。"

结果,不知道为什么,他又笑了。

"我不讨厌工作啊。"

"可是啊,你再这样子工作下去的话,哪天小心得什么癌症哦。"

"啊……"

虽然想早点结束手上的工作,但听他的回答,似乎有点被打动的样子,桐子忍不住继续往下说。

"这种事情我看得多了。之前有个在公司里负责很多事情的人,他手上的工作终于忙完、转调到别的部门去的时候,附近的同事还在说,哎呀,这下他终于可以轻松一阵子啦，结果就突然被检查出癌症，才过半年就走了。"桐子正在擦桌子的手稍微停了下来，叹了一口气。

"谁也没想到啊。癌症好像不是在你忙的时候会染上的，反而是好不容易忙完了，觉得终于可以松一口气休息的时候，它就找上门来了。所以啊，就算你还年轻，还是一定要按时去做健康检查哦！"

"一桥大姐还真是让我学了一课啊。"

对方真诚的感叹反而让桐子意识到自己刚才说得太投入、太自以为是了，突然觉得很不好意思。但是，他也没有不高兴。年轻人从桐子胸前的名牌知道了她的名字，之后就直接以名字称呼她了。

这栋大楼里的员工名牌上没有名字，但是像桐子这样出入往来的外来业者则会被要求清楚地标示出名字，说是为了安全上的考虑。不过，如果介意这种小事的话，就接不到工作了。

"真抱歉，我太自以为是了。"

"不会啊。谢谢你。我身边几乎没有人会对我说这些。而且，你每次都把办公室打扫得很干净，真的很感谢你。"他微微低下头致意。桐子看到他这个模样，突然冒出了向他求助的念头。

"……那如果,之后有机会的话,有件事我想跟你请教一下。"

"咦?什么事?"

"没有啦,你还要忙吧,之后有机会再说好了。"

"还好啦,我现在没什么事。"

"真的吗?真是不好意思。我只是想年轻人应该比较懂这方面的事情。"

"是哪方面?"

自从上次……自从那次偷了东西之后,桐子一直在想着。

真的会被抓进监狱的罪,会是什么罪呢?

到底有什么事情可以尽量不给人添麻烦,又能被判最重的罪呢?桐子一直想一直想,但自己一个人实在想不出什么结果来。

"那个,你知道有些人会犯罪吧?"

"犯罪?嗯,你是说触犯法律的罪行的,那个犯罪吗?"

除了这之外没有别的解释了吧。

"对。如果要说犯罪的话,那当中,不会给别人添太多麻烦,又可以被判最重的是哪种罪呢?你如果有想到什么的话可以跟我说吗?"

"很重的罪……"

"没错。要可以在监狱里待上很长的时间,坐牢坐很久的那种罪。"

"嗯……"他双手抱胸思考着,"真是个有趣的问题。"

"只是我和几个朋友刚好讨论到这个话题而已。"这个随便的解释似乎就足以打消他的疑心。只见他"嗯……嗯……"陷入沉思。

"要说最重的罪,那当然是杀人了吧。"

"是没错啦,但做那种事可不行!"

"那不然,就是强盗杀人了。为了夺走什么东西而取人性命可是很重的罪,我是这么听说的。"

"哎呦,我就说绝对不能做那种事了嘛!"

"那不然就是绑架撕票。"

"很可怕哎,别说了!"

他笑了。

"明明是一桥大姐你问我的啊。"

"不好意思。我是说,难道没有那种,不会给别人造成困扰的重罪吗?"

"啊。"他竖起食指说道,"我之前有在网络上看到一个。听说做假币其实是重罪哦。"

"假币?"这倒是桐子完全没想到过的一个词。"假币就是指,那个假币?"

"难道还有别的意思吗?"这次换桐子被反问了回来。

"假币这种东西乍看是很简单的一个词,但是其实包含了一个国家根本上的问题。"

"国家?"

他突然兴致勃勃地开始说了起来。桐子至今为止还没有跟他聊过这么久的天,搞不好他其实是很喜欢跟人家辩论之类的类型。

"钞票……也就是说,钱之所以是钱,是什么让它成为钱的呢?"

桐子把头一歪。

他掏了掏口袋。从休闲裤的口袋里,摸出了皱巴巴的钞票和几枚硬币。

"我基本上是没带什么现金在身上。"

"噢?最近很流行的,用手机之类的'哔!'一下就可以了对不对。"

"对啊。有移动支付 APP 跟信用卡就差不多都可以结账了。"

然后,他把一张千元钞票展开摊平,举到桐子面前。

"不过,这边我们还是用钞票来说明会比较简单易懂一点。"

"你是说?"

"是什么让这一千日元成为一千日元的呢?"

"啊?"

听不懂他在说什么。

"一千日元可以拿来买东西对吧。"

"是的。"一不小心就做出了小孩子回答老师般的回应。

"一千日元可以买得到什么呢?"

"买得到什么,我想想……比如说苹果或橘子啊。如果是买苹果,一袋五个的那种,大概一袋三百八十日元吧。橘子的话,大概一袋四百日元?不同产地的也有差别。然后还可以买大福。"无意识地脱口而出,又马上捂住嘴巴。心里浮现出关于草莓大福的不好回忆,"……草莓大福一个一百二十块。"

"那,可以买八个大福。"

"可是,还要加上消费税。"

"这边我们就先不要去想消费税的事情吧,那又会牵扯到政府的其他问题了。"

"好。"

"这张纸……上面写了一千日元,那么为什么这张小纸片可以变成八个大福呢?"

"因为……因为它是一千日元啊。它就是一千日元嘛。"

"没有错。这又是谁决定的呢?"

"嗯,就是你刚刚说的,政府啊国家什么的吧。"

"我的名字叫久远。"年轻人久远露出了笑容。可以看到他嘴里有一口整齐洁白的牙齿。只要他平常多笑一点,明明可以很受女孩子欢迎吧,桐子心想。

"哎呀,抱歉,我真失礼。那,我之后就叫你久远啰?"

"嗯。我们继续。你说得没错,政府,也就是日本中央银行决定了这是一千日元。不过央行和政府之间的关系如果要一项一项拿出来讨论的话会很麻烦,所以姑且先说是政府就好。"

"是。"

"是政府盖了官印决定这就是一千日元的。"

"盖官印认证的一千日元。"

"也就是说,钱这种东西,其实就等于政府的权威。这部分再详加叙述的话一样会很麻烦,这边就先省略。某种程度上,钱这种东西,就代表了政府或国家本身。所以政府或是钱作为社会信用和权威的意义变得衰弱时,币值就可能会变低。也因此,政府会把钞票做得很精细,以防止人家做假币。制钞的技术甚至可以说是日本的最高技术呢。"

"原来如此。久远,你真的是脑袋很聪明。"

"做假币的行为无非就是表示和政府作对了。做工精细的假币如果得以在市面上大量流通,政府的权威就不可能不受到动摇。金钱就是政府的本体。做假币就等同于计划推翻整个国家。"

"哦……听起来好严重。"

"所以说,做假币是很重的罪。"

"可是,做假币什么的,没办法轻易做到啊。久远你刚刚不是也说了钞票的做工很精细吗?这么一来不就需要印刷工厂或是精密的印刷技术之类的吗?"

"是没错。可是,也有简单到不管是谁都能瞬间做出假币的方法。"

"真的吗?"

"用便利商店的复印机啊，彩印就好了。"

"啊。可是，光是彩印，印出来的钱根本就没办法用吧？"

"但目的是被逮捕吧？根本不必使用印出来的假币啊，所以彩印就很够了。"

桐子不禁竖起了食指，指着久远。

"原来是这样，太厉害了！久远，你真是太厉害了！"

"不过我听说便利商店的复印机也有设定各式各样防止人复印钞票的机制。"

"机制？"

"就是为了不要让人轻易地做出假币。"

"真是的……"

那不就又做不出假币了吗。桐子垂下了肩膀。

"我听过的说法是，如果用超市的复印机对钞票进行彩印的话，机器里的信息会马上联机传到警察局，然后就会被当场逮捕；或者是复印机里有设定警报器，会大声作响，然后超市的员工就会马上报警抓人之类的。"

"你是说，印是可以印，但马上就会被报警是吗？"

"应该是。"

"那就太完美了！"

"啊?"久远露出狐疑的表情,看了过来,桐子紧张了一下。

"不是啦,我是说这个机制还真的想得很周到。这样真的可以确保被逮捕对吧?"

"这我怎么会知道呢。因为要是真的做了就会被抓,根本不会有人真的去试吧。"

"你说得也没错。"

"但要是被抓到真的是重罪。伪造货币应该是会判无期或者是至少三年以上的刑期,而且好像还不能缓刑。"

"哎呀,那可真不得了。不过,谢谢你告诉我这些。听起来真的不会给别人造成太多困扰呢,真是个不错的犯罪。"桐子用力地点了点头。

"一桥大姐,你真有意思呢。"

"咦?"

"竟然会这么认真地探讨这种事。嗯,我也聊得很开心,总觉得心情豁然开朗,精神为之一振啊。"

桐子则是马上就开始思考了。要复印的话,该去哪里复印才好呢。

久远把拿在手上的千元钞票对折,轻轻塞到桐子工作服的胸前口袋里。然后微微一笑,走出了吸烟室。

想事情想得太入神的桐子竟没有马上把那张千元钞票还给他，回过神来才吃了一惊。她把那张钞票紧紧握在手里，走出吸烟室，却到处都找不到久远。桐子看过办公室，想着他会不会是进会议室了，但是也没看到。结果，光顾着四处找他，打工的时间也不知不觉地结束了。

下次遇到他的时候再还给他吧。桐子想着，仔细地把钞票放进钱包里收好。

工作日的午后，桐子把一张钞票藏在包的最底部，快步走着。

那张钞票是昨天从银行领出来的。桐子平常都只会领几张千元纸钞出来，已经很久没有像这样把一万日元的钞票拿在手里了。

首先必须先找到一家便利商店进行复印。

桐子住的镇上，以车站作为中心，有两个广场，一边是出租车跟公交车的换乘点，另一边则像要把人团团围住似的罗列着连锁餐饮店，还有一家便利商店。车站前只有那一家超市。

而走路十分钟内的街道两旁，最近因为综合医院从东京转移到这附近来发展，提供医院相关人士使用的住宅也开始一栋接着一栋盖了起来。再者，开车二十分钟左右的地方还有大型购物中心，接驳车三十分钟一班。那栋购物中心盖在荒川的支流流经的一侧。

医院附近和购物中心的接驳车候车站各有一家便利商店，另外河岸边的住宅区里也有一家。

"干脆不要找家附近的，找池袋的便利商店也可以吧。还是说，找找看新宿的。"

桐子看着手机里的地图APP，反复思考着。

如果在大都市犯案的话，被附近邻居撞见的风险也比较低。

可是，池袋或新宿本身就是案件的集中地。那边的警官一天到晚跟凶神恶煞打交道，搞不好也都很粗暴。万一直接被揍或怎么样，那就太可怕了。

桐子不禁打了个哆嗦。

毕竟再怎么说，做假币都是从金钱方面去动摇国家安泰与社会信用的大罪。那么，果然还是找附近的超市就好了。令桐子感到讶异的是，她发现自己就连要犯罪，都想要找自家附近的地点来做。也许人类这种生物，到最后都还是没办法在自己熟悉的地方外行动吧。

桐子决定往河岸边住宅区里的那家便利商店前进。她至今一次也没有去过那里。桐子把房间收拾得干干净净之后就出门了。

那家便利商店前有个大约能停十辆车的停车场,是个约有一百平方米、有模有样的大型店铺。一走进店里,就传来店员无精打采的声音:"欢迎光临……"

收银台前站着一个年轻的女子,她正用指尖搓着从绑好的发束中掉出来的一绺头发,专心地盯着看。看样子可能是在找分岔的头发。

在店里绕了一圈,面包贩卖区前面有个中年男性,正在把新的面包补到货架上。不知道他是不是店长。

复印机在收银台对面的窗边,旁边摆着几排杂志。桐子假装看杂志,一边斜眼偷瞄复印机。

——我听过的说法是,如果用超市的复印机对钞票进行彩印的话,机器里的信息会马上传送到警察那边,然后就会被当场逮捕;或者是说复印机里有设定警报器,会大声作响,然后超市的员工就会马上报警抓人之类的。

久远的声音在心里回放。

桐子把假装在看的杂志放回架上,踩着细碎的步伐横向移动。

她以前只用过一次复印机。当时被委派执行俳句社社刊的印刷工作，和知子一起去复印。那时候她根本就不知道怎么用复印机，在那边摸了半天，有个亲切的兼职女店员过来教她。说好听一点是教她，其实基本上都是店员帮忙弄好的。

那时候好歹也在旁边看过，只不过是复印，自己应该也做得到吧。

一步一步接近，最后终于来到那台机器前。桐子一鼓作气地把最上面像盖子的部分掀起来，"喀锵"一声，机器发出了比预期中还要大的声音，把她吓了一跳。

她想把万元大钞小心地放到玻璃面板上，却手足无措。

到底该放在哪边呢？

要靠边放吗？还是放在正中间？要放直的还是横的？

桐子突然觉得似乎有人靠近，赶紧抬起头。这才发现复印机上方有一个圆形的镜子。是一个可以看见整间店状况的广角镜。从上面可以看到那个可能是店长的男子正经过冰箱前的通道，往这边走来。桐子慌慌张张地把钞票收回包里。

只见他慢慢地在店里踱了一圈之后，走进后方的仓储空间。途中，感觉好像有往桐子这边看了一下。当下桐子只能假装在看复印机的液晶屏幕。不过，要是看起来太专心研究，可能会被关心："请问您要使用什么服务？需要帮忙吗？"所以桐子煞费苦心地演出了有在看又没那么专心看的样子。男子从桐子后方经过的时候，她感觉背后寒毛直竖，都起鸡皮疙瘩了。好不容易等他走过去，还好他好像什么也没有发现。

确认他走进里面后，又从包里重新拿出那张万元钞票。四下张望之后，把钞票放到玻璃面板上。总之，先试着对齐边缘横着放了。如果没放对，再重来一次就好了。

不，只是为了要被逮捕而已，复印一张就很够了，就算失败了也没有关系。

那自己到底为什么会这么在意结果呢，桐子一想到这里，就觉得心情复杂。

无论如何，她把钞票工整地对齐了边缘放好，然后盖上盖子，盯着液晶显示器。

首先要选择彩印还是黑白复印，再选择纸张尺寸（她选了最小的B五规格），然后选择双面复印。没想到全彩双面复印竟然要花上一百日元。

"怎么这么贵啊……"

桐子不假思索地小声喃喃道，拿出零钱包，往复印机里投了个一百日元硬币。

目前为止都没遇到什么大问题。接下来就只需要按下复印的按钮了。桐子轻轻把手指贴到那个写着"启动"的四方形按键上，却迟迟没有勇气按下去。

只要按下去就可以了。只要单击就可以开始复印。然后，我就会变成现行犯了。明知如此，手指却使不上力。

好几次都已经伸出了手指，结果又"唉……"地叹口气，把手缩了回来。然后，又把手放回去。结果还是没办法按下去，又叹了一口气……

"不好意思！"旁边有人对自己说话，桐子吓了一大跳回过头。

有个大概是大学生的年轻男子站在一旁。

"不好意思。请问你要复印吗？还是不用？如果你印好了，那我要用……"

他一手拿着笔记，看起来可能是跟哪个朋友之类的借笔记来印。

不知道是不是很急，他的身体微微地晃动着。

"如果你不知道怎么印的话，要不要我教你？"

"啊，那个，呃……"

"不好意思。不然的话，可以先让我用一下吗？我印一张而已，马上就好了。"

"哎呀、哎呀。"

现在真是不知道该怎么办。如果就直接按下按钮，让他看见双面复印的钞票，他又会怎么做呢？

"那个，我……"

他一脸狐疑地看着桐子。看到桐子这样只顾着慌张焦急，他可能会觉得她有点痴呆了。

"就一下，可以吧？"

他一步向前，靠了过来，直接就要把手搭上复印机的上盖。

"不可以！"

"我很快的！"

"啊，你先等一下！"就在此时，从他对面的方向传来一个年轻女子的声音："没关系。让我来吧。"

是那个收银台的女店员。她以隔开桐子跟大学生的气势向前一站，背对着他们打开复印机的上盖，伸手盖住了桐子的一万日元纸钞，一把揉进掌心里，塞进自己的口袋。

"啊。"

"你请用。"她对大学生说道。

可能是因为这个女生长得蛮漂亮的，又满脸笑意地看着他，他也显得有点慌张。

"啊，谢谢。"

虽然他道了谢,女店员却完全没有多看他一眼,抓住了桐子的手臂。

"婆婆,你这样不对啦。跟我来跟我来。"

然后,就这样抓着桐子的手,把她往超市自动门的方向拉去。

"榎本同学,"中年男子从里面走出来,从后面叫住她们,"怎么了吗?"

"店长,没事!是我认识的婆婆。"

认识的人?她说的话完全出乎意料,桐子完全没想到事情会这样发展。女店员带着还没反应过来的桐子,走出了店外。

"这样不可以哦。"一走到店长跟大学生看不到他们的地方,她就放开了桐子,这样说道。

"不行。就算用复印机印钱出来也没办法用哦,这位婆婆。"

被称为榎本的女子从口袋里拿出一万日元交还给桐子。她胸前的名牌确实用圆圆的字体写上了"榎本"的片假名读音。

"复印机虽然很高科技,但如果拿它来印钞票的话,马上就会被看出来了。要是你用假钞被发现的话,我们这边就必须叫警察来一趟了。"榎本用着告诫的口吻好心地对她说。

"知道了吗?婆婆。"

看样子,她好像完全把桐子当作一个想复印钞票来用、已经老糊涂的可怜老女人。

"不是,不是这样的。"

"你说不是的意思是?"

"我是想被逮捕啦。想被抓进监狱坐牢。"

认真的?她盯着桐子的脸,桐子对她点了点头。

"雪菜啊~"便利商店的店长站在自动门那边叫唤着,"如果是你家人来找你的话,那你可以直接下班没关系哦。反正小张也来交班了。"

被叫作雪菜的女子瞄了一眼手表。才三点五十分。

"赚到啦~"

她对桐子绽开笑容。

"那,就拜托你演一下我的家人啰?"

"那个店长,平常老是拖拖拉拉的不让人下班。所以如果遇到像刚刚那种他心情好的时候,当然要趁机会赶快走人了。"所以让我送你回去吧,雪菜这么说着,和桐子一起启程离开。她一边走着，一边哒哒哒地在手机上打字，看样子目前应该是个高中生。

"你叫什么名字？"她继续看着手机问道。

"啊，我叫桐子。一桥桐子。"

"唔——你的名字听起来好正经啊。"

"这样吗……啊那个，真不好意思，还让你送我回家。"

"从你一进来我就觉得怪怪的了。"雪菜小声说道，"感觉你一直东看西看，还动不动就往我这边偷瞄。"

听起来，自己的行为举止看起来十分可疑啊。如果接下来还要犯罪，可得把这个部分改过来才行，桐子反省着。

"可是你说想进监狱坐牢，是怎么回事？"

桐子边走着边娓娓说明。

她把挚友过世的事，和挚友约定好要活下去的事，世上已经没有任何一个亲近的人，还有存款也见底了这些事都说了一遍。

只要进监狱，不论是住处还是食物都有人准备好，好像也可以工作，假如生病了，听说还可以看医生。不只这样，如果生活不能自理的话，还会有人看护。

"原来是这样。"雪菜吁了一口气。

"好像有点明白了，我懂你心情。"她微微皱起眉点头道。

桐子根本没有想过会得到年轻人的认同。而且看她的表情，就好像小小孩想要装大人的那种样子，桐子不禁笑了出来。

"你很过分哎，笑什么啦。"

"因为，你的人生可是正要开始光辉灿烂，说那什么话嘛。"

"你们这些大人，老是会讲这种话。"雪菜叹了一口气，"还这么年轻说那什么话嘛、你还很年轻什么事都难不倒你呀、真羡慕你还年轻。"

"哎呀呀。可是，也是真的很羡慕没错。"

"可是我们的未来，根本就一片灰暗吧。之后人口只会越来越少，而且日本也越来越穷，这些大家明明都心知肚明，却完全没有想办法解决。还有日本的负债已经高达千兆以上，却还在不断增加。如果我是一个真的在认真为国家未来着想的政治人物，什么都不能做也什么都做不到的话，我就会去自杀。反过来想的话，还没去自杀的政治人物是不是一点也不可信？因为那就表示他们根本没在认真思考。老年人口也是逐年增加，再这样下去花在退休金的预算会变得多高……啊,抱歉。"

听着雪菜说话的桐子仿佛成为大人的代表,雪菜因此感到抱歉似的欠了欠身。

"我没有在责怪桐子婆婆。"

"没事,你没说错,正是你说的那样。"

"哎呀不是,我真的没有怪你。"

"可是问题是不得不活下去,直到生命的终点为止。"桐子只是小声地自言自语,却被雪菜听见了。

"也是呢。"

"也不知是幸还是不幸,我现在除了腰偶尔会痛之外,倒是没什么其他毛病。可能是因为还在做打扫的工作吧,身体也还算硬朗,抽血检查什么的也每次都很正常。我还真的有点担心,到底要到什么时候才有办法死掉。"

"所以,桐子婆婆就想进去坐牢,对自己的晚年负责是吗?很不简单哎。"

"那,雪菜同学,你如果有想到什么不错的犯罪的话,还请你告诉我。"

"我来想想看。好像蛮好玩的。"

两人回到了公寓前。

"我住在这边。"

"好可爱的公寓。"

可爱，至今为止还真没想过会被这样形容。可是，被年轻的女孩子这样说，也不会觉得哪里不好。

"哪有，住在这里的人也是五花八门的，说实在，还挺不容易的呢。"

"这里要多少啊？"

"你说租金吗？两万八千日元。"

"我可以进去看一下吗？"

"咦？"

雪菜那双从高中制服短裙底下伸出来的细长双腿，有点腼腆地在地面的沙土上画着圈。

"等我上大学，想靠自己出去外面租房，独立生活。有点想先看一下这种公寓大概长什么样。"

一瞬间，桐子想起之前把别人带回家里，结果钱就被偷了的事情。但是现在，家里不论是现金还是存款，都已经什么也没有了。

"好啊，虽然家里什么也没有，但进来喝杯茶还是没问题的。"

雪菜进了房之后就一副很稀奇的样子东看西看了一圈。桐子邀她坐到被炉，倒也毫不客气地坐了进去。

桐子泡了茶，看了看冰箱还有没有什么可以拿出来的，结果发现有地瓜。个头这么大的地瓜两个才一百块。虽然直接放进微波炉热一下就能吃了，但好像少了一点感觉。桐子迅速地把地瓜切成一厘米大小的丁状，撒上小麦粉和砂糖，捏成杯子蛋糕的形状之后放进蒸锅蒸。

桐子把地瓜做成了东海地区的点心"鬼馒头"。虽然还是很朴素的东西，但做起来简单，花的时间也比把整颗地瓜放进去蒸来得短。

"雪菜同学要去上东京的大学吗？"

"嗯，我想总而言之，就先上个日本的大学，然后想办法出国留学，我打算逃离日本。"

"哎呀哎呀，逃离日本。"

"对。"

零零碎碎地聊着这类的话题，聊着聊着，鬼馒头也蒸好了，桐子把点心装进盘子端出来。

"就只有这点小东西。要小心烫哦。"

雪菜也不客气地伸出手，把点心塞进嘴里之后睁大眼睛。

"好好吃。我第一次吃到这么好吃的东西！"

这么率直的称赞让桐子好开心。

"我才是第一次被人家这样说呢。"

鬼馒头是知子的婆婆教她做的点心。桐子一不小心就把自己和知子的生活，还有她之前过得很辛苦等等的事情也告诉了雪菜。

"其实，"雪菜开口道，"我刚刚跟你说想看看公寓里面长什么样也不是骗人的，但其实，我今天实在没有地方去。"

"咦？"

"就算回家也没有人在，本来打算去找朋友的，可是刚刚用 LINE 联络她，她说她刚好有事的样子。"

"是这样啊。"

"我爸跟我妈两个都还在工作，啊，他们两个也是一言难尽。"我不是很想待在家里。雪菜小声地说。

"桐子婆婆，要不要跟我加个 LINE？我如果又无处可去的时候，还可以再过来吗？"

"可以是可以，可是要等我没有去做清洁的时候。我通常都是上早班，下午就比较常在家。"

"嗯。"

桐子让雪菜教她怎么操作，两人把手机靠在一起，互相加了好友。

结果，雪菜待到六点多，一起看了傍晚的时事节目，还吃了桐子做的饭团才回去。桐子看她这样毫无防备，总觉得好像怪危险的。

"是我也就算了，可是你以后可不能像这样随便跟着别人回家呀。"桐子不禁这样提醒她。雪菜笑了。

人这种生物，每个人都有各自不同的孤独之处啊，桐子这么想着，目送对方离去。不过，一想到雪菜有可能还会再来拜访，就觉得心里好像点燃了一片光明。但是，同时也想着，她也有可能再也不会来了。人家毕竟是年轻人，也有很多其他朋友，一定很快就会忘了自己吧。

假设雪菜从此以后就没有再过来，也没什么好失望的，桐子心想。还是不要抱太大的期待，人生就应该毫无期待地活下去。桐子一边思考，一边继续看着电视上的时事节目，不小心在被炉旁睡着了。

第三章

钱庄

锵锵、喀啦喀啦、锵、喀啦喀啦。唰啦唰啦、唰啦、唰啦。

说实在的，桐子并不喜欢这个场所。声音实在是大得要命，而且大家都抽烟抽个不停。来这里工作会吸进超大量的二手烟，连头发都会染上烟草的臭味，平时去一般的办公室吸烟区打扫根本无法相提并论。

也不是说讨厌赌博，或者是对来这边的人带有偏见。就只是，觉得有点棘手而已。

平常桐子都会拜托社长："就只有小钢珠店，我实在没办法。"可是，平时负责清扫那边、被大家称为"阿健"的六十多岁老人（桐子不太确定那究竟是昵称还是本名）今天刚好得了流感，没办法来上班，所以清洁公司的社长在电话里诚恳地拜托桐子:"拜托了,我只能拜托一桥你了。"然后他调整了班表,稍微缩短了办公大楼的清扫时间,变成下午三点到六点,小钢珠店则是排在上午十点到下午两点,桐子变成每天都必须去那边,工作量多了一倍。能拿到的薪水也会多一倍。

——都这把年纪了,有时候也得做一些自己不喜欢的工作啊……

桐子自己也意识到,自己心里就是有这种没骨气的地方。她在心底偷偷期待着,像这样做一些别人拜托的事情,之后情况应该会越来越好吧。

另一方面,听到人家说"我只能拜托你了"这种话,也是蛮受用的。反正也有钱拿,而且被别人需要果然还是一件很令人开心的事。话虽如此,这里的噪音还是让桐子感到头痛,太难受了。以前曾听说上了年纪以后,耳朵会变得迟钝,也比较能忍受巨大或高频的声音,但是看来桐子还没办法习惯这件事。这简直不能被归类为噪音,比噪音更上一层楼。

小钢珠店的厕所倒没有像一般大家想象的那么脏。一方面店员也算蛮勤快地在巡视,再说主要都是男用的小便斗,所以清扫起来并不特别费时。只是,清理机台旁边的小烟灰缸必须很有技巧，不然清的时候偶尔会不小心撞到客人的手，就会被"啧"一声。

——阿健也真厉害，每天都来这种地方。

听说他本身就很爱打小钢珠，所以这里的噪声和味道，他不只是毫不在意，不如说非常乐在其中。阿健不只每天来这里工作，就连每周一天的休假日，也会从一早就来这边打小钢珠。听说他也很高兴能跟店员们打好关系。不过他也说，毕竟现在经济不景气，也没办法从店员那里探听出哪台比较容易中奖。

——赌博这种事真的有那么好玩吗？

不过话又说回来，令人意外的是，小钢珠店里的人际往来也没有想象中的那么糟糕。在办公大楼工作的时候，有时还会遇到傲慢得令人讶异的中年员工。可是，这边的员工都很年轻，对待桐子他们也很客气。客人当中也会遇到有人出声说句"阿婆，谢啦"之类的，或者是把小钢珠中奖兑换来的巧克力送给桐子当作小费。

店内的一角，有个用玻璃门隔出来的点心饮食区。可以买到荞麦面、乌冬面、章鱼烧、炒面等等各种微波食品，还有免费提供咖啡、红茶之类的饮料。饮食区内简单摆了几张桌椅，桐子也负责这一区的清洁。这边的隔音还算不错。

"咦，是生面孔。不是平常来的那个人哎。"

一个看起来超过六十岁、身材微胖的女人过来搭话。她滑着手机，一手拿着装了免费绿茶的纸杯。穿着薄羽绒外套和短裤。外套底下是一件精致的毛衣，上头绣着含苞待放的蓝色玫瑰。虽然眉头下垂，但看起来有着一副温和的长相。

"我是说，之前都是那个有点帅的那个……"

"你是说阿健吗？"

咦，那个人，原来有那么帅吗，桐子这么想着一边回应道。一直以来她都没有用那种眼光看他。不过他的身高大概有一米七五，以那一辈来说确实是蛮高的，也没有啤酒肚。一头斑白的头发总是剪得很短，看起来干净清爽。每个人口味不同，会被说帅好像也是可以理解。

"对，他怎么了吗？"

"他得了流感。"

"唉呦。好可怜。今年的流感听说不是肠胃会很惨吗？"

"是这样吗？好可怕啊。"

"上了年纪，如果小看流感的话可是会没命的。"

"说得是啊。"

桐子就这样站在一旁和她聊了起来。

"你不打小钢珠的吗?"

"我没有打过。"

"那,这里这么吵你受得了吗?"

"嗯。"

虽然说是被派遣来工作的,但毕竟对方是这里的顾客。桐子也没办法对小钢珠做什么负面评论,只能含糊地笑一笑。

"一旦你会打了之后,就完全不会在意那些噪音了哦。"

"这样吗!"

"以前啊,我老公还没过世时,会带我来这里,我也觉得吵得吓死人了。不过现在反而觉得这种声音真不错呢。"

"原来是这么一回事。"桐子感觉对这种噪音的困惑消失了一点。

"自己一个人在家也是无可奈何,所以没工作的时候就到这里来,打打小钢珠或是在这里喝茶。"

"您是做什么工作的呢?"

"做看护啦,看护。都这把年纪了也只能做这种工作了你说是吧。早班下班之后,我就会换个衣服过来这里。"

"做看护也是非常辛苦呢!"

聊到这边,她才突然略带请求地抬起眼问道:"那个叫作阿健的,我之前听说他是单身,他有女朋友还是什么的吗?"

搞不好她其实就是想问这件事才和桐子搭话的。

"这个嘛,我也不知道。我跟他没怎么说过话。"

"是吗。"她毫不掩饰地垂下了肩膀。

"目前他还在请假,所以没办法问他本人,但如果跟公司的人聊到的话我再帮你问问看吧。"

"真的吗?谢谢你。我叫美知枝。"

"我叫一桥,一桥桐子。"

两人道别的时候,她对桐子说:"如果你哪天想玩小钢珠的话,要跟我说哦,我来教你玩。"

我应该还是先不用,桐子心里想着,一边擦拭她刚才用过的桌子。

——就算她说,可以变得完全不在乎这里的噪音,但光是为了这个目的,根本就不足以构成轻易碰小钢珠的理由嘛。

桐子回想起之前那个专门处理盗窃的律子说过这样的话:"盗窃就是一种赌博,一旦感受过一次那种快感,就难以抽身了。"

——小钢珠则是货真价实的赌博。好可怕，好可怕。

小钢珠店的入口旁边停放着长长一排轮椅，起初让桐子感到很吃惊，但现在已经是见怪不怪的光景了。

不知道是家人带他们来的，还是看护带他们来的，又或者是自己推着轮子到这里来的呢？一早，桐子到这里来的时候，就已经有好几台轮椅停在那边了。

这些人，只要一坐上小钢珠机台前配置的椅子，看起来就跟其他的客人没两样。

——不管是看护的人还是被看护的人，都一样，都会来这里，大家都一样。

桐子发现感叹这种情况也是无济于事。

忍受着巨大的噪音完成工作，又到办公大楼去打扫了一圈，结果后背疼得嘎吱作响。桐子拖着身子回到家。

她小声地"嘿哟、嘿哟！"爬上了公寓的楼梯，终于看见自己的房门时，突然看到门把上挂了一个超市的塑料袋。从袋子里伸出来的枝丫看起来很眼熟。桐子连忙驱使着沉重的身体，小跑步靠近。打开袋子的手在发抖。

"唉哟！"

那是一盆紫丁香的盆栽。果然，虽然只是直觉，但桐子深深记得那些枝干,绝对不会错。看起来是有人帮忙把之前种在院子里的紫丁香移植到盆子里了。

桐子连忙进到屋子里,连脱鞋都嫌浪费时间,便赶紧拿出了手机。她立刻拨了房屋中介的电话。

她向电话那头的相田询问这件事的原委。

"这盆紫丁香树,该不会是你带过来给我的吧?"

"不是,不是我拿去的。我想有可能是房东本人拿去的。她有时候好像会到公寓去巡一下、看一下,可能就是那时候拿过去放的吧。"

他说得没错,整理那个庭院时,把拔起来的东西重新移植到盆里,能做到这件事的,确实只有那位戴着眼镜的房东,门野小姐了。

"我下次帮你问问看。"

"这样啊。如果是房东的话,请帮我好好谢谢她。我真的很高兴。"

"好的。"

桐子挂上电话,再一次看着紫丁香的盆栽。

虽然不知道被挖出来的时候是什么状态,但树枝的部分被稍微修剪过了。叶子也几乎都已经掉光了,更不用说花当然是一朵也没有。如果被别人看到了,大概会觉得就是一株看起来光秃秃的、很可怜的树吧。

塑料盆大约是六号大小,房东可能是把手边多余的盆子拿来用了吧,看起来并不是新的,上面已经有一点伤痕。不过,已经整理成只要直接放上接水盘,马上就可以摆在家里的模样。这种体贴的心思实在让人很开心。原来房东可能也是会养植物的人。桐子曾经一时把她当作害自己被迫住进这种荒谬住处的人,还觉得她很可恨,现在瞬间就对她改观了。

"亲爱的,你还活着呀。"桐子把盆栽拿到窗边,拿玻璃杯浇水时,忍不住对它说道。

"要是可以再住到有院子的家就好了。那样的话,就可以再把你种起来了……"

紫丁香来到这个又窄又冷的公寓里,她觉得好心疼。可是,她刚刚说的,根本就是比做梦还不切实际的事。

自己根本就不可能再有机会住什么有庭院的房子了……

想到这里,桐子吓了一跳。自己明明是想要进监狱坐牢,心里却还想着要住在有庭院的房子……想来说不定是身边有了活着的生物之后,思考方式就会突然变得正向起来。

——因为身上有了责任。必须照顾这孩子的责任。

虽然,现在的自己,可能根本连照顾这棵植物的资格都没有。

——要说谁该来照顾它的话,果然还是只有我才能做到吧。因为其他人不管是谁,看了都只会觉得它是一棵光秃秃的树。

自己进了监狱之后,这棵树又该怎么办呢?不知道房东小姐会不会愿意接受它。如果把它种在这栋公寓的某个角落,不知道她会不会生气。

这一天,桐子想着这些事,睡得好沉。

隔天,桐子前往小钢珠游戏厅。

不知道是不是因为前一天稍微和客人聊上了几句,总觉得稍微对这个地方产生了亲切感。虽然巨大的噪音一如往常,但桐子现在知道了这个声音也是被人需要着的。

——尽管是在这样的地方,但想和别人待在一起,想要听见声音、看到亮光的这些感受,也许每个人都是一样的吧。

来这里已经第三天了,会和她打个招呼或点个头的客人也变多了。

"大姐,嘿,这给你。"

桐子正准备清理烟灰缸,却接过了一盒递过来的巧克力，昨天这个男人也给了她同样的巧克力。

"哎呀呀，真的吗？"桐子不太好意思地伸出手。

结果坐在旁边的男人淡淡地斥责道："你这家伙，又当冤大头。"

桐子吓了一跳，收回了手。

"啊，抱歉抱歉，我不是在说你。是这家伙不对。"刚刚骂人的男子笑着对桐子道歉。

他们两人总是坐在店里最边上的一元机台那里一起打小钢珠，看起来关系很好。年纪大概和桐子差不多或稍微小一点。

"反正是用多出来的点数换的嘛。又没关系。"被骂的那个男人抬起视线，求情似的看着对方。

总觉得是自己的错，桐子感到无地自容。

"不是大姐你的错。只是我借他的钱他还没还啦。"他把拇指和食指比成一个圆圈，"所以我才想管一下他，抱歉。"

"你拿着吧。"

在两人你一言我一语之下，桐子诚惶诚恐地把巧克力放进口袋。

"真是谢谢你们。"桐子道了谢便离开了。

"你就是这副德行，你看都吓到人家大姐了。"

"还真是不好意思。"

背后传来两人有一句没一句、慵懒悠闲的对话。

过没多久，桐子来到点心区，接着看到刚才的两人，果然感情很好地在香烟贩卖机前一起喝着咖啡。

"刚刚真抱歉啊。"刚才拿巧克力给桐子的男人再次轻松地对她开口。

"都是这家伙的错。"刚才骂人的男人用拇指戳了戳对方，笑了。

看来他们的关系，绝对没有像嘴上说得那么坏。该不会其实是兄弟？

"怎么可能，有这种弟弟我一定会被烦死。"

一问之下，两人都拼命否定的样子实在很滑稽，桐子忍不住笑了出来。

"真的，我们连姓也不一样。我姓秋叶，他是户村。"

"那就是好朋友啰？"桐子这么说。

两人面面相觑。

"算是朋友吗？我们两个。"

接着，他们好像莫名被戳到什么笑点，哇哈哈哈哈地笑了。

身形细瘦的秋叶穿着白衬衫,搭配粗花呢外套。户村身材中等,穿着深蓝色的运动服。两位看起来都是一副典型靠退休金生活的老人模样。

"我们两个都属鸡的,大姐你呢?"好像是在问生肖。

"我属猴。"

"那是前辈呢。"

"真的要叫姐姐啦。"

两人愉快地说着。

"那,你们两个是同学啰?"

"是同年,但都不同校。"

"是来这边才变成朋友的吗?"

两人又再次看了看对方。然后,叫户村的那位稍微点了点头,说道:"实际上,就像我们刚才说的,我跟这个人借了钱。"他指着秋叶。

"借钱,然后就变成好朋友了?"桐子问,这次换秋叶向她解释。

"与其说是跟我借钱,应该说是跟我的公司借。"

"公司?"

"地下钱庄啦。"

桐子也知道这个词的意思。就是进行地下借贷的地方，获取非法的暴利，黑社会那类分子在经营的高利贷公司。

说着这么可怕的话，实在无法和两人那副悠闲懒散的样子联想在一起。

"户村目前稍微借了一点高利贷，每到发退休金的日子就会一点一点慢慢还钱。不过，因为借的金额又不大，公司如果要一一跟他们讨也是很麻烦嘛，对不对？所以就由我这种年纪差不多的老人来负责，在退休金的拨款日去跟老人们收钱，再一起拿回去。"

"咦，是这样啊。"

"所以固定会见面，结果就渐渐觉得跟这个户村还蛮聊得来的，后来就变成会一起来打小钢珠。反正我们两个都单身，而且又很闲。"

"就是这样。"

"哦～"

讨债集团跟欠债的人，原来也有这样的朋友关系啊。桐子不禁感到惊奇。

"其实，我以前也是跟地下钱庄借钱的人。"秋叶压低了声音。

"但我马上就全部还清了，结果被夸了一番，后来就这样被地下钱庄吸收了。现在负责收钱，我还可以抽百分之五，当作小赚一些零用钱。"

"让同样是老人的人去回收款项，想得也是蛮周到的。"桐子觉得有点佩服。

的确，老人有的是时间，尽管只拿一点点酬劳，也会很开心地帮忙吧。

"可是我的零用钱，还不是又会被户村给借去。根本一点意义也没有。"

两人齐声笑了出来。

"大姐你如果需要借钱的话直接跟我说，我给你联络方式。"秋叶真的拿出了名片，递给桐子，名片上也好好地写着公司的名称跟地址。

"你在小钢珠店里如果有遇到缺钱的人，可以介绍他来找我哦。我会很感谢你的。"

"这样啊。不过，我也不会一直在小钢珠店这边工作。我只是来代阿健的班而已。"

"在别的地方当然也可以帮我宣传啦。你看，像我们这样，女人一看到都会觉得很可怕，躲得远远的。你想，如果是大姐你来的话，搞不好可以干得很顺利。说是高利贷，利息也还在法律范围内，就把它想成大型的现金借贷就好了。"

帮地下钱庄做事。

虽然还没有完全搞懂,但是如果去帮忙的话,搞不好在某个环节就能和犯罪搭上边了呢。这样一想,桐子突然变得兴致勃勃。

不知道会牵扯上什么样的罪呢。无论如何,都是"地下"嘛。如果跟犯罪一点关系都没有,根本就不会说是"地下"了吧。

"啊,那个,我是说……嗯……那算是做坏事吗?不会被警察逮捕之类的吗?"桐子看着名片,战战兢兢地问道。

"你说犯罪吗?"

两人又互相对望了一眼。这副模样看起来真的就像是亲兄弟一样。

"对啊,是吗?这算是犯罪吗?"

"唉,这个我们也不清楚,但我是觉得也没有那么坏。就只是在别人有困难的时候借钱给他,对方也只要用退休金来还就好啦。毕竟老人要去银行借钱反而还借不到呢。"

"算是热心助人啦。啊,不过……"秋叶的表情认真起来,"大哥有跟我们说,收钱的时候不可以太强人所难哦,他是这样说的。比方说不可以去人家上班的地方,也不可以深夜跑到人家家里去之类的。他说,那样的话可就会犯罪了。"

"原来如此。"

看来说不定可以针对这点好好了解一下。顺利的话,搞不好可以犯个罪然后被抓进去。

"你们大哥是谁?"

"经营地下钱庄的老板啊。现在已经金盆洗手了,可是听说以前好像是这个。"秋叶用手在脸上比画了一个刀疤。应该是指黑道的意思。

"秋叶,你这样说,是要把大姐吓死吗?"户村连忙说道。

"啊,抱歉。不过,我是不会让大姐去碰那种事情的。"秋叶看桐子一脸严肃低下头的样子,可能误会了什么,赶紧安抚地说道,"你放心你放心。"

你误会了,我是想做更危险的事情呢。桐子差点想说出这句话,最后还是吞了回去。

当天结束了工作以后,桐子发现自己的手机难得地跳出了一通未接来电。

等到下班回家,好好坐到被炉里,她才回复那通电话。

桐子和雪菜这样的年轻人是不同世代的，没有办法一边走路或是站在原地讲电话。万一因此而跌倒摔跤，才会出大问题。

电话的那一头，是俳句社的管理员之一，友冈明子。

"俳句社"的前身是隶属于市公所文化中心举办的"俳句教室"。后来因为削减了预算，加上没什么人报名，就停办了，于是珍惜这个缘分的成员们便自发组成了现在这个社团。当时创立的成员们担起了管理员的角色，但因为大家都是已超过八十岁的高龄，所以有时也会编入新的管理员。

明子六十二岁，相较之下算是"年轻人"，平时在一群人当中，并不是爱管闲事的个性。不过，她那既认真又机灵的个性受到了认可，从去年开始成为其中一位管理员。

"喂，你好，我是那个，一桥桐子。不好意思，你刚才好像有打电话给我。我当时正在工作没接到……请问现在方便说话吗？"

"啊，是一桥啊，我才不好意思，明明是我自己的事情，还打电话打扰你。没问题。我现在可以讲电话。我在家里。"

"你现在在吃饭吗？"

"我刚吃饱。"

从远处传来电视的声音。应该是还有其他家人在家。桐子没怎么和对方聊过天,她疑惑着友冈是孤身一人呢,还是结了婚呢。六十多岁和孩子一起住也不是什么太稀奇的事。

"哦哦,那还蛮早的。友冈小姐你的孩子也在家里是吗?"

"没有,我家没有小孩。我丈夫退休后虽然还是照样去上班,但已经过了打拼的时代,现在都准时回家,所以,晚餐就比较早吃。"

"啊,可以一起吃饭真不错呢。"

"没有的事。我反而还变得比以前更忙了呢。"她的声音里透着温暖、带着笑意。

她一定过着很充实很满足的生活吧,桐子有点羡慕地猜想。

虽然对方比自己还要年轻许多,但距离上一次和这样沉稳的老年女性说话,好像已经是很久以前的事情了,总觉得令人感慨。虽然心里想着,如果可以像这样继续闲话家常的话该有多好啊,但是自己和明子的交情并没有那么亲近,至今为止根本也没说过几次话。在俳句社,桐子也总是和知子一起行动,所以和其他成员其实没怎么认真聊过。

再这样悠闲地东拉西扯下去就没机会切入重点了,对方还有老公在家呢,桐子回到正题:"真不好意思在你先生在家的时候打扰了。请问你打给我是要说什么事呢……"

"我才不好意思。嗯,因为最近,都没有在俳句社遇到一桥呢……前阵子宫崎小姐过世了,我们也知道你应该会很寂寞……不过,我们这边不只少了宫崎,连一桥你也没再来了,一下子就少了两个人……该怎么说呢,总觉得,忽然变得好冷清……我的意思是说,如果可以的话,还是希望你可以再过来。"

明子话都还没说完,桐子的眼泪又涌了上来。

"一桥没有来,我们也都很寂寞……我知道,也许你暂时还没有心情回来参加社团,但是,真的很希望你可以再过来露露脸,所以打了电话给你,我也知道这样很厚脸皮。"

"谢谢你。"桐子道了谢,却好一阵子都说不出话来。电话的那一端,明子静静地等她。

"谢谢你。听到你这样跟我说,我真的是很开心。知子……宫崎她过世了之后,我一时忙着处理各种事情……"桐子努力压住颤抖的声音,一字一句地组织自己的话语。

"嗯嗯,嗯嗯,我明白的。"明子虽然在电话的另一头,但可能察觉了桐子的状态,便适时地温柔回应。

"所以我一直没时间过去参与。而且也搬家了。"

"啊，你搬家了是吗。一定很辛苦吧。"

"是啊。而且，之前都是跟宫崎一起写俳句的，现在没有人可以陪我一起了，连俳句也变得没什么心情写。"

"我懂你的意思。可是，我想一桥你也知道的吧，我们这个俳句社，就算没有写出俳句作品也是完全可以来参加的。你就当转换一下心情过来看看怎么样？"

"你说得对，我整天都待在家，就只有去工作的时候才出门，是该多出门走走。"

"下个月的题目是：燕、木兰、薄冰。"

"哎呀，真是好题目。"

"因为正是初春时分嘛，就觉得不要出太难的题目，开开心心地写一些跟动物啊、植物之类合乎季节的事物有关的作品吧，大家是这么想的。"

题目是在每次聚会最后，大家一起讨论决定的。先收集大家想要的主题，再投票表决。

"我也会努力，试着作一首的。"

接着，明子换了个话题。"还有一件事，就是三笠先生最近也没怎么来，一桥，你有听说什么吗？"

三笠隆。不好的回忆涌上心头，桐子瞬间无法回答。

"三笠先生……？"

"是啊。一桥你们跟三笠先生感情不是也不错吗？"

"没有没有，哪有那种事。我们没有啦。我们跟那个人一点关系都没有！"桐子极力否定的程度，连自己听了都觉得反常。

三笠隆……一副要陪桐子一起哀悼知子的样子把她约出来，结果带了年轻女人出现的男人。而且，还因为那个女人，在俳句社发表了毫无羞耻心的作品。

原来如此，原来自己一方面也是因为不想看到那个男的和年轻女人搞在一起，才会变得不想去俳句社。

不过，明子都这样邀约她了，为了这种事情缺席社团活动，反而显得自己像个傻瓜一样。

"会不会是因为，嗯，那个，三笠先生，不是和一个年轻女性在一起吗……"

"嗯嗯，说起来，他之前有带新的太太一起来过一次嘛。"

原来，那个女人已经变成太太了吗？谁在乎啊！

"啊，可能还不能称为太太吧。不过，倒是很明确地宣告过同居了。"

"是吧。所以说，可能就没有那个心思再去参加俳句社了吧。"

"真的吗,我是不太确定。可是他之前,有一阵子反而还来得更勤了,我还在想,会不会是娶了新的太太变得积极了呢。结果后来就突然没来了。其实我也打过电话给三笠先生,可是没有人接。"

"你是打他的手机吗?还是家里的电话?"

"都有打。三笠先生也搬家了,所以电话也有换过,所以我两个都有打。"

听着三笠的名字,突然,火大的感觉稍微有一丝变成了担心。连家里的电话都没人接……明明那个女人也在家才对,到底是怎么一回事。

"会不会是,生病了之类的呢……我是想问问看一桥你知不知道什么详细情况。"

"不不,我真什么也不知道。"

"如果你有什么消息的话,可以跟我说吗?"

明子把三笠隆新家的电话号码和地址告诉了桐子。桐子发现他家离自己并不远。

之后她们小聊了一会儿,结束了通话。

隔天早上桐子再度来到小钢珠游戏厅。

走过深处的工作人员出入口,和已经认得出面孔的警卫互相问候,还使用了更衣室的一角,感觉这个地方也稍稍产生了一点令人眷恋的亲切感。

听清洁公司的社长说,那个阿健的流感好像康复得不错,吃了药之后已经没有发烧了。如果顺利的话,应该下个礼拜就可以上班了。

——不管是什么样的地方,连续去三天都能成故乡啊。但也实在没办法习惯这些声音就是了。但话又说回来,这边果然还是让阿健那种本身就喜欢小钢珠的人来更好。

首先是全店巡一圈,把烟灰缸里的烟蒂集中回来。这种时候也会有客人开口道声"早安"。今天,秋叶和户村那对双人组还没有来。

不常中奖的客人会显得很烦躁地抖脚,一边把千元大钞一张接着一张塞进机台里。这种时候就连清个烟灰缸都要特别小心。如果不小心碰到对方的手,就有可能惹怒他。要看准他投完一张千元钞票的时机,才能伸出手。

——像那样不停地把千元大钞塞进去……这样一来不管有多少钱都不够用吧。搞不好,在这边做借贷真的有赚头。

来到点心区,今天美知枝也来了。她今天穿着百合图样的毛衣。这几次看下来,她可能是一个喜欢花朵图案的人。

"早安。"桐子和她打了招呼,她停下了滑手机的手,微微笑了。

桐子说道:"那个,你上次不是想问阿健的事情吗?"

关于阿健的事,桐子今天早上跟社长说话的时候若无其事地问起:"阿健一个人在跟流感奋斗吗,一定很辛苦吧。"

"没事啦,他没问题的,你别看他那个样子,其实很受欢迎的,总之,他身边应该是有女人。"

"他结婚了吗?"

"没,好像是没有到登记结婚,但应该是有一起生活。好像是个在居酒屋帮忙的女人,听说手艺很不错哦。"

这样啊,那美知枝就是单恋啰。桐子正这么想着,还来不及说出口,社长却误会了:"咦?难道说,一桥你也是阿健的粉丝吗?"

"不是、不是。"

尽管桐子拼命撇清,对方还是下了一个自己可以接受的结论:"不要紧,不要紧,因为阿健很帅嘛。"

"真的不是那样。"

其实是如此这般如此这般,在小钢珠的游戏厅遇到了一个他的爱慕者。结果最后,桐子把一切都对社长坦白了。反正,小钢珠店的客人应该也不会遇到自家社长,应该没有什么大问题吧。虽然觉得已经解开了社长的误会，但不知为何，还是得到他一阵奇妙的笑声："嘿嘿嘿嘿，我是都不介意啦。"

"其实我有稍微帮你问过公司的人了，听说阿健好像，可能已经有交往对象了。"他已经有一起生活的对象了，这个桐子倒是说不出口。

"什么嘛，原来有对象了。不过也是，毕竟那个人那么帅气。"美知枝虽然失望得垮下了肩膀，但表情和声音都还很开朗。或许她也没有那么认真在考虑这个人吧。

"不过，又没有结婚，所以什么都还没有确定嘛……"

"没关系、没关系。"她开朗地摆了摆手，"比起那个，桐子你人真好。我只是随口说说的事情，你还帮我调查，就算是这么难说出口的事，你都还是告诉我了，谢谢你。"她微微低下头。

"不会不会，我反倒还觉得很不好意思呢，没帮你带回好消息。"

"你的个性真是认真又诚实。"

"哪有，没有像你说的那么好啦。"

"不不，在这种地方会遇到各式各样的人，所以，我特别清楚。你就是一个正经的好人。"

被她这样一说,桐子突然有点想问问她。也许像她这样对小钢珠很熟悉的人正是一个不错的对象。

"那个,我知道这样说很奇怪,但想问问你有没有想过要跟人借钱呢?"

"咦?桐子,你缺钱吗?"

"不是,不是。"桐子用力挥着手否认。

"不是,是要借钱给别人。我认识一个在借钱给别人的人,他要我如果有遇到什么需要借钱的人,就介绍给他。你觉得怎么样呢?只要是用退休金过日子的人,他们都很乐意借的。"

"唔嗯。"她用手扶着脸颊思考着,"是没错,在这种地方,或多或少会觉得钱好像不太够用,身为女人也不太有办法去融资公司什么的借钱。大家基本上都是用信用卡或是储蓄卡吧,不过,也有人没办法办信用卡对吧。还有,修法之后,没有收入的家庭主妇也几乎没办法申请贷款了。"

"是这样的。"

"桐子你认识放款的人吗?"

"唉,要说认识……只是对方跟我说,如果遇到有需要借钱的女性要跟他说,这样而已。也不是说能借多大的金额,但是,可以等到发退休金的日子再还没关系。听说利息也是和大银行的贷款利率差不多。"

"这样啊。如果有遇到想借钱的人,我会提一下的。"

跟她互相道别,分开了之后,桐子忽然察觉到,像这样在这种场所平白无故和别人聊借钱的话题,这件事本身会不会其实就已经很坏了呢?

但是,不可思议地,机会很快来临了。

隔天早上,美知枝像在等着桐子来上班一样。桐子一走进大厅,她就马上靠了过来。

"桐子,你昨天说的,是真的吗?"

"你说昨天,是哪部分?是说阿健的事情吗?"

"不是啦,借钱的事情。真的有办法借吗?"

"嗯嗯,我是这么听说的。"

"那,我把我朋友介绍给你。你等我一下。"

她小跑着离去,钻进了小钢珠的机台之间。接着很快地带回一个身材娇小的女性。

"就是这位,她姓石田。"

被称作石田的女人看着桐子,咽了口口水。瘦削的脸上有一双醒目的大眼,手上拿着一个网状编织包,一身朴素,穿着深蓝色的上衣搭配褐色的短裙。

这样没问题吗？借钱给这样的女子……桐子突然有点担心。

"她之前也是做看护的工作，现在腰受伤了，做不来了，跟丈夫两个人靠着退休金过生活。我跟她聊看护工作的话题，聊着聊着就熟起来啦。"

石田在一旁不发一语，只是沉默地点头。

"有时候，没钱换小钢珠的时候，她就会说想找人借钱。"

"这样好吗？"明明自己才是要借别人钱的一方，但还是不由得担心了起来，"虽然说利息应该是没有高到哪里去，但是，总归还是算地下钱庄。"

"我知道。没关系。"石田小声地答道，"其实我家的退休金，算是还蛮充裕的……但是我先生管钱管得很紧，每次都不拿给我。我先生身体虽然已经不行了，头脑倒还清楚得很。他自从身体不好之后，对钱就看得更重了。"

石田说到这里，叹了口气。"我是从伙食费和生活费里省吃俭用，偷偷存一点钱来打小钢珠……但是有时候，就会觉得有点不够用。"

"是这样啊。"

"到下个月领退休金的时候，就可以混进伙食费那些的"

一起跟他拿，到时候就有办法还钱了。"

如果是这样的话，听起来还蛮适合的。可是，看起来这么乖巧、像个平凡太太的人，为什么会来打小钢珠呢？

"我先生自从开始需要人家照顾……应该说从以前就是个很爱碎碎念的人了，有时候，我是真的非常受不了，所以就来打小钢珠解压……想来，这大概是我先生最讨厌的事了吧。"她第一次笑了出来。那个微笑，莫名有种小孩子恶作剧的感觉。

"我懂了，不过你要小心，借太多会有风险哦。"桐子一不小心就说出了像贷款广告似的台词。

"那当然了。"

桐子拿出秋叶给她的名片，试着拨电话过去。

"你还蛮有一手的嘛。"

隔天，桐子把秋叶和石田互相介绍给对方，他们俩好像直接签了什么合同。

"才过一天就找到一个这么有潜力的客户。之后也要多拜托你了。我也有跟大哥说，他很高兴，说这样就可以拓展新的市场了。"

打扫工作中间休息时，秋叶在小钢珠店的停车场，把一个信封交给了桐子。

"因为是第一次,所以有多给一点。之后可能不是每次都这么多,不过还是请你继续帮忙。"

"可是……那个人真的不要紧吗?你们真的要好好帮她哦。不要让她一下子借太多,被债款逼上绝路了。"

虽然是自己答应这件事去和她搭话的,但事到如今桐子才开始感到害怕。心里也有一点后悔。

"一开始只会借几万日元啦,而且我听她说话,感觉像是个正经的好人家太太。我们也不会让她乱来的。像她那种人,与其用暴力让她崩溃、逼她就范,还不如把她养成一个可以长期投资的好客人呢。"没问题的,没问题的,他拍拍桐子的背。

"先别想那么多了,都拿到钱了,记得去吃点好吃的。"

桐子回到更衣室,偷偷瞄了一眼信封内,看见里面有五千日元的钞票。

哎呀!她吃惊得差点大叫出声。那就表示,如果一个月可以介绍两三个客人,不就可以拿到一万日元以上了吗?如果每个月的收入可以多个一万多,那可真是帮了大忙。

"咦，所以，小桐婆婆你也有帮地下钱庄做事吗？"雪菜大口吃着桐子做好的蒸糕，一边问道。

"我也不知道这样算有还是没有。你觉得呢？"

"地下钱庄有犯很大的罪吗？"

"我是不太清楚，但毕竟是被称为'地下'的嘛。"桐子讲到地下这两个字的时候加重了语气，雪菜咯咯地笑了起来。

"只要查一下就知道了。"

"查一下？怎么查？"

雪菜马上拿出智能手机。

"你不知道有搜索功能吗？"

"啊——我有听说过，可是没有用过。"

"你看，像这样。"雪菜熟练地点了一个画着时钟图标的应用程序，"点开之后，这边可以输入文字。"

"你开的这个，我一直都搞不清楚是做什么用的，平常根本不会去点它。"

"啊~原来老奶奶们都不太会用搜索功能呀。"

"可是，你看，它上面不是已经写一些英文字了吗？"桐子指着手机，那里已经显示着几个小小的英文字母。

"那个啊，你看像这样，你直接点那个有字的地方它就会变颜色，然后，它写什么你都不用管它。不要理它，用日文把你想查的词输入进去就好了……然后按这个'搜索'。"

"你刚说不要管它，可是光这点我就做不到啊，我们老人家……就是会觉得，如果不管它的话，就都会被我弄坏的。"

不过，最后桐子还是在雪菜的指导下，稍微学会了搜索。

"那，我如果要查地下钱庄犯的罪……要输入什么查啊？"

"应该可以打'地下钱庄刑期'这样吧？刑期是最重要的没错吧。"

"嗯，我来试试。"

搞地下钱庄被抓，罪有多重？桐子看见这样的标题就点了进去。

雪菜读出内容："我看看……经营非法高利贷，可处五年以下徒刑或易科罚金一千万日元以下。先不说一千万，刑责真是出乎意料的轻。而且小桐婆婆你也不是高利贷的真正经营者啊。"

"还有写其他的吗？"

"利率超过法定上限……一定是指利息收得比合法借贷还要高的意思吧,这个也是五年以下徒刑,或易科罚金一千万……"

"罪好轻!也太轻了吧!那样的话根本一眨眼就被放出来了。"

"啊,这个的话你应该可以?夜间或自家以外地点催款、向不相关之第三人追讨等不正当之催款方式……"

"没错、没错、没错!这种我应该有办法。"

"啊——"雪菜发出夸张的呐喊,抱头烦恼,"太扯了,两年徒刑。罚金三百万。最重就这样。"

"什么嘛!"

"非法讨债就是,像那个吧,连续剧还是电影里演的那种,一边喊着'快还钱!'什么的,一边砰砰砰大声敲门那样的吧。还有那种,在旁边埋伏,等放学回家的小孩子经过,威胁他:'回去跟你老爸说叫他快点把钱还来!'之类的。"

"应该是吧。"

"做那么过分的事,竟然也只关两年啊。"

"啊——"

两人一起把手肘撑在被炉上。

"要犯罪还真难。"

"难道说监狱也是管制得很严格,其实不太想让人家进去吗?"

"不过话说回来,小桐婆婆你真的有办法去讨债吗?"

"唉,我也不知道。"

桐子想象了一下,自己在某个便宜的公寓前拼命用力敲门的样子。

"来,你说一次试试看,把钱还来!"

在雪菜的催促之下,桐子从被炉里爬起来。

"喂!那边的,给我把钱还来唷!"她双手握拳,尽可能试着展现出一点点压迫感,雪菜却大笑了出来。

"哈哈哈哈哈哈!"

"真是的,果然不行啊。"

"小桐婆婆,如果是你的话,感觉不适合那种的,我觉得你搞不好用缠功纠缠人家还比较可行。比方说直勾勾地盯着人家,然后说'请你还钱'。"

雪菜抬起无辜的双眼,说着:"还钱嘛~"

"拜托,把钱还给我吧。如果没把那笔钱要回去的话,我……一定会被大哥凶的……"桐子垂下肩膀、双手合掌,试着让自己的声音听起来可怜兮兮。

"很棒、很棒，就是这样！不过，与其说非法讨债，总觉得更像幽魂还是女鬼讨命呢。"

"好像是。但是，说不定这样反而更能让人还钱呢。"

"可是，这种方式的话根本就不算是恐吓啊，搞不好也根本算不上犯罪。"

桐子坐回被炉里。被炉上放着雪菜当作伴手礼带来的橘子。雪菜"咚、咚"两声，将橘子放到自己和桐子的面前。

"来吃橘子吧。"

"雪菜啊，你这样会不会太晚？"

已经八点多了。桐子开始到小钢珠店工作之后，有跟雪菜说过，这阵子都要工作到六点，所以没办法见面了。但是，当时雪菜回复她："还好、还好啦，我爸妈到很晚都不会回来，我打工结束之后还是过去哦。"

"嗯，反正他们大概到十点前都还不会回来。"

"你父母，两个人都这样吗？"

"嗯。差不多从我初中开始就一直都是这样。"她像个孩子般地说着。

"这样的话……可是我还是会担心，我送你回去吧。"

"不用吧？十点左右的话真的还好，初中的时候去补个习啊什么的也是都差不多那个时间了。我今天骑脚踏车来。

小桐婆婆走夜路我才担心呢。"

雪菜这么说着，真的在十点前以有力的站姿踩着踏板，华丽地离开了。桐子也只能目送那双从短裙底下伸出来的小腿肚，在黑暗中反射着街灯，显得格外白皙亮眼。

到家要跟我说一声哦，桐子不厌其烦地千叮咛万嘱咐，因此大约十分钟后就收到了LINE的信息："我到家啦~真的很谢谢你。"

阿健在周末时结束了流感的病假，回到岗位，桐子便结束了在小钢珠店的打扫工作。

最后一次去小钢珠游戏厅的时候，听到有人从店里喊了声："一桥小姐！"桐子回过头，看到的是穿着便服的阿健。黑色的格纹衬衫搭灰长裤，戴着一顶渔夫帽。

"咦，怎么回事？阿健，你是今天开始上班吗？"

前一天自家社长和小钢珠店的店长都说"后天阿健就会来上班了"，桐子怀疑是不是自己搞错了，多算了一天。

"不是。医院那边说我已经可以出院了，我今天来是想先打个招呼。"他把手按在渔夫帽上，恭谨地行了个礼，"这个礼拜给一桥小姐添麻烦了。"

看他这副模样，桐子才突然发觉，他的声音跟动作好像有那么一点像高仓健,虽然说长相倒是八竿子打不着。

不过好像还真的是个帅哥呢,在同辈之间应该很受欢迎吧,桐子心想。

"别这么说,我一点都不介意。可以到不一样的地方工作,我也蛮开心的呢。"

光是在他们多聊两句的时间里,就有不少擦肩而过的店员或是客人出声问候他:"哎呀,这不是阿健吗?""你好点了没有?"见到这个情形,桐子想,这里果然还是属于他的地盘。

桐子也向邀她一起帮忙做地下钱庄的秋叶和户村双人组道了别:"我之前也有提过,从明天起我就不会过来这边了。"

"是吗……真可惜。不过,你之后如果有遇到需要借钱的人,还是要跟我说哦。不一定要是女的,男的也可以,年轻人也都可以哦。"看来他们记得桐子曾经说过之前主要都是在办公大楼做打扫。

"就算是科技行业的人,也可以找我们借钱的。"

"咦——?真的会有那种事吗?"

"真的真的。而且啊,男人四五十岁的时候最需要钱了。小孩啦家庭啦什么都要钱,自己能花的却很少,交际应酬也很花钱。"

"没错没错。"像是回想起什么似的,户村皱起了脸。

"好啦,如果有遇到的话,我会问问的。"

那两人继续坐在机台前,开朗地挥手说道:"那再见啦!"

回到家后,俳句社的明子再度打了电话过来。

"我是要跟你说之前的那件事。"

"你说。"

"就是啊,我始终还是联络不上三笠先生。"

"唉,这样子吗。"

"我想跟他说下个月的题目,就像之前我也有跟你说嘛,所以我打了好几次电话过去,可是都……"

"确实令人担心。"

"然后我就想,不然过去三笠家看看情况,刚好他家在图书馆附近,我去图书馆的时候就顺道去了一趟。"

"啊,你真是太有心了,辛苦你了。"

虽然是之前做出那种事的男人,但听到他音讯全无,桐子也还是担心了起来。

"他家是住在一栋很漂亮的大楼。不过,幸运的是外面没有电子锁,所以我到了他家门口。"

"嗯。"

"我试着按了好几次电铃、敲了门,还有出声叫他,结果都没有人响应。可是,电表的指针却是有在转的。"

"你的意思是?"

"我觉得不是没有人住在里面。应该有人在屋子里。可是明明在家却完全不应门,一定是有什么状况吧?"

"那个女人也在吗?"

"这我就不知道了。不过,除此之外我也实在没有其他办法,就先回家了。然后我就去问社团的代表人草薙姐啊,她都已经九十二岁了,真是长寿……她也是一个劲地说:该怎么办呢、该怎么办呢。就算要联络警察,我对他的事情也是一知半解。我想一桥你可能会知道三笠先生有没有其他家人可以联络,所以才打给你的。"

"啊。"对方都问到这个地步了,感觉实在不能说句我也不是很清楚就装作没事蒙混过关。

"我们也只是在俳句社结束后,一起去喝过几次茶的交情而已。"桐子推托道。实际上,有一次也同知子一起,三人去吃过饭。

"不过,我是记得他有一个儿子,但儿媳妇是冲绳的女生，他们目前住在冲绳那边的样子，稍微有听他说过。"

"冲绳吗？好远啊。"

果然，你这不是很清楚他的事嘛？桐子还在想着要是对方这么说她可真是无地自容，但明子只是很真诚地吃了一惊而已。

"听说，是因为女方的父母亲很反对女儿跟东京的男生结婚，于是开出了婚后也要住在冲绳的条件。而且，对方还是经营很多大型特产店跟居酒屋的大家族，所以他儿子就辞掉东京的工作，过去那边做事了。"

"哎呀，真不得了。"

"但也因为那时候闹得有点不愉快吧，所以好像和三笠先生稍微有点疏远了。毕竟是独生子，而且好不容易进了一家挺大的公司工作，三笠说这些的时候看起来都有点不甘心。"

"那确实是很寂寞……"明子并没有恶意，可是总觉得，三笠被这样说就更可怜了。

"可是，其实反而轻松呢，毕竟他说起这件事的时候是笑着说的。"桐子忍不住替他澄清般这么说。

"那他儿子家的联络方式，一桥你一定也知道吧？"

"没有，我真的没有那么清楚。"

"那就还是没办法联系上他了呀。"明子叹了一口气。

"啊,要不要问问他的中介或是房东呢?"桐子从自己最近搬家的经验得到了灵感。"你想,搬过来新大楼的时候,三笠先生年纪也这么大了,绝对有找人当他的保证人才对。就算他是找担保公司签约,他们可能也有听说更详细的事情。"

"你说得对。我之前都没想到这点。一桥你真厉害。"

自己被夸了是稍微有点开心,但桐子想着,明子大概是那种自己拥有独栋别墅的人吧。像她那样的人,有丈夫有家人可以为自己打点一切,根本从来就不会注意到保证人什么的吧。像她这样的人生才能称为幸福吧,桐子在心里这样想。

"那,我是不是来联系房屋中介比较好呢。不过,一时间也不知道他是找的哪家中介,一方面也有点不知道是不是自己想太多了,在这里穷紧张。"

"那不然,我也再去他住的大楼找一次,如果真的还是找不到人,再来联络中介、房东或是警察那些吧。"

明子只是因为担任俳句社的管理员,就专程到他家去关心他的状况。桐子这种跟人家喝过好几次茶、虽然只有一次但也是一起吃过饭的人,实在没有理由一副事不关己的样子。更何况从桐子家到他家去还更近一些。

"如果你能帮这个忙就太感谢了！"明子的声音听起来很高兴，好像放心不少。

"那，我这周末会找时间去看看的。"

她们讨论着，如果三笠真的不在或是有任何状况，都先跟明子联络，两个人再一起想想看之后要怎么做。

三笠的家在一栋有着白色外墙的八楼建筑里。

是一栋比桐子想象中还要高级的大楼。窗户上缘有蓝色的屋檐，看起来既像热带国家度假区的房间，又有点欧式建筑的风格。

虽然一看就知道没有很新，但也称得上是十分时髦的大楼。拿来和自己现在住的木造公寓一比，突然就有点自惭形秽。

——大概是为了年轻的女人，硬挤出钱来租这种地方的吧。

桐子想起她、知子和三笠三人一起去意大利餐厅用餐的时候，他可是好好招待她们吃了一顿。

——他这个人啊，就是比较喜欢在女性面前表现得很绅士。简单来说就是装阔爱面子。亏我之前还觉得这算一种魅力呢。

就像明子说的,还好大门并没有装上电子锁。桐子很快就进到里面。上去五楼找三笠的住处之前,桐子先看了一下信箱。五〇三号房的信箱里没有半封信件。这究竟是好消息还是坏消息呢,桐子一边思考着,一边搭电梯上了五楼。

——虽然大家都觉得电子锁很好用,不过考虑到这种时候,老年人果然还是不要用电子锁比较好。话虽如此,安全问题也还是要多加考虑。

来到了五〇三号房的门前。门上的小信箱里面也是连报纸什么的都没看到。

桐子深呼吸、吐气,按响了门铃。毫无响应。她再按一次。仍然没有任何响应。

门铃按了第二次、第三次,桐子一开始战战兢兢的心情也渐渐随之松懈下来。最后差不多按了十次才放弃。接下来改成轻轻地敲门,敲了两三次之后,桐子出声询问:"三笠先生,我是一桥。三笠先生,你在家吗?我是一桥。"

她又敲了十次门之后,放弃了。

然后,又叹了一口气。

——这下真的得好好想一想接下来该怎么办呢。先回家一趟,打个电话给明子吧。

桐子突然想起了什么,往手里提着的包里摸了一遍,最后翻出一本记事本。她撕下其中一页,写下留言。

三笠隆先生,我听说你已经很久没去俳句社了,有点担心,便跑来找你。如果你还安好的话,请跟我联络,或是跟俳句社的管理员友冈明子小姐联络一下。如果一直没有收到你的消息,我们可能会去找警察或房屋中介讨论这件事。静候你的来电。——一桥桐子

桐子把写好的纸条塞进小信箱里,便转身离开。

她走进了电梯,按了一楼,突然听见身后传来"跶、跶、跶、跶"的脚步声,桐子吃惊地回头。

"一桥小姐!一桥小姐,请等一等!"快要喘不过气的三笠隆出现在眼前。上半身穿着深蓝色的运动服,下半身则穿着一件肉色的秋裤。头发乱七八糟,双眼布满血丝。

"三笠先生,原来你没事呀。"

"抱歉让你们担心了。"三笠还在"哈啊、哈啊"地缓不过气,两手撑在大腿上。

"知道你还好好的就好,大家都很担心你。"

弓着身子的三笠,一头白发凌乱纠结,桐子至今都没见过他这么狼狈的模样,觉得好冲击,但如果如实告诉他自己现在的想法，只是更伤人而已。

"你看起来还好啊，那我就放心了。"桐子尽量让自己的声音显得开朗。

平常那么注重衣着打扮的三笠竟然变成这副德行，究竟是怎么一回事。

不过，其实自己也是，一个人在家时，有时候身上的装束根本就和他没有两样。所以，可能只是身体状况出了点问题吧。

"你真的不要紧吧。应该没有生病之类的吧。"

"我没事。"三笠终于抬起头来，和桐子四目相对。

"如果可以的话，请你跟我来一下。过来喝杯茶好吗？"

"……这样好吗？那个……你太太呢？"桐子一时难以决定该怎么称呼那个女的。

三笠回过头来，用苦涩的声音说了句："她不在。所以没关系的。"

"确定吗……"

同居中的女人现在不在，看他这副模样，也可以推测出她根本没有待在家里。

可是，总觉得这种时候拒绝他好像也很奇怪。桐子从后面跟上他。

第四章

诈骗

不出所料，屋内一片狼藉。

虽然东西并不是特别多，但所有的东西都被随便扔着不管，用完了也不收。玄关有只鞋拔，甚至就是有人穿好鞋后直接随手甩在地上的样子，伞也没收好，就只是搁在一旁。那附近放着一把女用的红色雨伞，一眼看去，就可以知道那个女的确实生活在这里，或者说那就是曾经存在过的证明。

——同居原来不是骗人的……

一双装饰着缎带的褐色低跟短靴被放在角落。一看就是上了年纪的女性会喜欢的东西。

桐子跟在三笠的后面继续走。玄关连接着走廊，两侧的门应该是通往卧室和卫浴。三笠打开了最深处的门，是一间复合式的客厅加餐厅，附带一个小厨房。窗户很大，如果天气够好，应该会比现在更明亮吧。只不过，今天云层很厚，所以天色并没有很亮。这应该算是典型一卧一厅一厨的房间配置。

家具似乎是把之前旧有的搬过来，每一样看起来都不是新品。不过，只有客厅的沙发和桌子看起来特别醒目，新得光可鉴人。大概就只有这些是新添购的吧。

沙发的椅背上披着一件粉红色的开襟衫。除此之外，客厅就没有其他彰显她的存在的事物了。不过，以它强调存在感的程度来说，已经非常足够了。

"请，你请坐吧。我先去换个衣服。"

三笠说，接着走进了卧室。就在那时，桐子瞥见了一张几乎塞满整个卧室的大床。看不出是不是新买的，只看到上头凌乱地放着一件花朵图样的粉红色毯子。

桐子慌忙把跟随着三笠背影而去的视线收回来，直视前方，坐进沙发。她挑了一个不会碰到粉红色开襟衫的位子坐。

报纸也是到处散落着。三笠过了许久还没出来，桐子忍不住伸出手，把报纸和杂志都收拾起来叠在桌上。仅仅是如此，就让房间有了一种稍微变得干净整齐的感觉。

"让你久等了。"

三笠走了出来，一身灰色针织上衣和休闲裤的打扮。虽然休闲裤整条都皱巴巴的，但再怎么说也比秋裤好太多了。

"我去泡茶……"

"啊，让我来吧。"

桐子站起身来走到厨房。走进其他女人家里的厨房固然令人不悦，但总比让男人来给自己泡茶要好得多。小巧的开放式厨房十分时髦。

三笠并没有做出任何阻止的动作。

——男人就是什么都不会多想吧……不对，看他那个样子大概是连回头看一下也没有……

说想聊聊的人明明是他，但现在却只是独自一个人坐在沙发上。双眼还很空虚。

桐子找出烧水壶和陶制小茶壶，也找到了一个只剩下一小撮茶叶的茶罐。能用的东西每个都被占用得满满的。看起来这些好像也是从三笠之前的家带过来的。

"谢谢。"

三笠萎靡不振地道了谢、喝了茶。

"你没事吧？"

虽然同样的话已经说了好几次，但还是只能这么说。

"我该从哪里开始说起才好呢……"

三笠盯着自己握着茶杯、消瘦而变细的双手。

"不想说的话不用勉强也没有关系的。"

"不，我是希望一桥你可以听我说的。这种事情我根本没办法跟别人讲。实际上也没有告诉任何人。因为实在太丢脸、太不像话了。可是，如果是一桥你的话我应该说得出口。"

喝了茶之后，三笠好像稍微恢复了一点精神，露出了虚弱的微笑。

"如果是一桥你的话"……要是在几个月前听到这种话，可能会觉得很开心吧。不过，现在只感到复杂的情绪在心中飘过。

——是我的话就可以吗？意思是说对象只不过是我这种人，所以讲出自己丢脸的事情也没关系是吗……就算表现得再怎么亲近，这个人其实还不是在某种程度上瞧不起我吗。

不知是不是内心悲观的直觉作祟，桐子不自觉地产生了这种扭曲的想法。

"像我这种人，可能根本不够格跟你聊那些哦。"

一不小心就说出了那样的话。不过，三笠似乎根本没有理解桐子的心情，还说："不会不会，你只需要听我说就可以了。"

"那位女性,我也介绍给一桥你认识过,就是那个齐藤薰子……"

"是。"

"……我突然就联络不上她了。"

"哇。是从什么时候开始的呢?"

"几个礼拜前。我们稍微吵了一架。其实也只是一些很没营养的拌嘴而已。她啊,虽然是会下厨……我也觉得这一点很不错……可是不管什么东西她就是一定要买贵的。"

"是个美食家呢。"

"这个不好说。比方说她会买黑鲔鱼生鱼片啊、鳗鱼啊或是国产的牛排这类的东西。"

他讲的这几样,全都是最多只需要稍微加热一下就能吃的东西啊,桐子这么想着。

"然后,我就跟她说我的上一位妻子都是买比较便宜的食材回来花时间亲自煮给我吃,结果她就发飙了。"

实在是……桐子在心中碎嘴道。那倒也是三笠你自己的错,说那种话,绝对是女人最不想听到的东西。

"然后,她就开始说些什么,我就是讨厌你老是这副穷酸相,还有什么,真不敢相信你以前跟那种寒酸到不行的女人一起生活,之类的,所以后来就吵架了。"

"是吗。"

换作是桐子,要是被前一个女人比下去的话,也会对对方以牙还牙,搞不好也会说出差不多的话。

"不过,薰子她每次去买东西的时候都一定会跟我拿一万日元,却一次也没有找过钱回来。但是,每一次,只要去超市就一定一定会对我伸手说要一万日元。如果问她:昨天剩下来的钱呢?她就会一派轻松地说:花掉了啊。所以我才……"

"是这样啊……"

"然后,她就直接夺门而出,当天就没再回来了。我打了好多次好多次电话给她,但她就是不接。那时候我担心得完全睡不着,隔天一大早我就跑去她家找她。"

"哎呀,她不是也住在这里吗?"

"是有计划之后会两个人一起在这里生活,实际上她也几乎都住在这里。只是她说,她家的家具跟衣服都还很多,要等她把那些拿去丢掉或者是送人之后再搬过来这边。所以她还没有真的退租。"

"原来是这样。"

"我还没有进过她家,但之前送她回家时也到过她家门口好几次,所以知道她住哪里。于是,我就去了她家找找看。"

"结果怎么样呢?"

三笠一脸痛苦,眉头深锁。

"之前跟我说是她家的那个三〇五号房,里面住的是其他人。是个二十多岁的青年,不管我问几次他都说根本不认识什么叫薫子的。房间门牌上的姓氏也不是她的。我实在没办法,就想去一开始认识她的地方,就是那家康复中心。因为薫子之前在那里做前台嘛。"

"那家康复中心,你之前还推荐我去过呢。"

"结果那边也跟我说薫子已经辞职了。他们甚至说薫子就只有我去复健的那几周在那边工作,所以他们也不清楚。"

"嗯……"桐子感到困惑,翻找着当时的记忆问道:"之前你跟我介绍那一位的时候,三笠你说你很喜欢那家康复中心,说是很棒的地方,所以也想介绍给我,我记得你是这么说的吧。那,虽然后来发生了这些有的没的……但三笠你不是应该到现在都还在继续去复健吗?"

"没有,其实薫子是有按摩师执照的,那时候她会在那家康复中心工作,也是因为她希望有一天自己也可以拿到正式资格、成为一名有执照的理疗师。我们开始交往之后,她说就让她来帮我按摩吧,所以之后我就没有再去康复中心了。"

就算要说年轻，薰子也都五十九岁了。这个年纪还有办法拿到那个执照吗？

"这样啊……我还听说你连俳句社都没去参加了。"

"嗯。薰子她……她没有很喜欢俳句，而且她说，叫我不要去有别的女人在的地方。所以不只是俳句社，还有登山社跟书法班我也都没去了。"

说到这里，三笠微微笑了。可能他对此感到很自豪吧。

到底有什么好开心的，桐子很想这么说，但她当然不可能开口。

"可是，如果只是因为你们吵了一架她才离开的话，说不定哪天就突然回来了，如果她还有行李在你这边，应该也会回来拿吧……"

"不，说到这个……"

三笠看向地面，苦恼地抱着头。

"其实，这里几乎没有她的东西了。因为她本来就还没有完全搬过来，所以本来就已经很少了，可是就连留下来的那些也不知道从什么时候就不见了。"

"这件开襟衫呢？"

"那是我买给她的，现在这边就只剩那个，跟一把伞还有一双鞋。"

桐子这下明白了,她现在看到的这些东西就已经是全部了。

"那她是在你们吵架之前就把东西拿走了吗?还是说,吵架之后才带走的呢?"

"我不知道,我本来也觉得卧室的衣柜里应该多少还会有几件薰子的衣服吧,可是一看才发现,竟然一件也不剩了。不过,我真的不知道是什么时候不见的。女人家的东西,我根本不会认真去注意啊。"

这下轮到桐子觉得苦恼了。男人啊,在这种地方实在是够迟钝,甚至是不闻不问。

"不过我想,她应该至少还会再跟你联系一两次吧?"

"说到这个……我这才正要说到最难以启齿的地方呢。"

三笠的声音像是硬挤出来似的。

"什么意思?除了吵架以外还有别的吗?"

"说起来真的很丢脸,就是我……"

"嗯。"

"我,借了很多很多钱给薰子。"

"唉?"

桐子的心脏真的怦怦直跳。钱。他指的是用来做什么的钱呢？

"一口气借了一大笔钱给她吗？"

"不，我才不会做那种事。"

三笠极力否认。

"如果她直接就跟我说她需要一两百万，我再怎么样也会提高戒心的，怎么可能自己都不知道什么状况就把钱给人家呢。我会拿钱给薰子，可都是有正当理由的。"

"正当理由？"

"是啊。我大概是从去年，差不多秋天那时候开始跟她交往的吧。那阵子，她老是头痛得很厉害。每次都喊着头好痛头好痛，结果不得不跑医院照了核磁共振，还有那个叫什么来着，'脑部检查'，还说非做那个不可。而且，那东西要花超多钱的。她就说希望我借她二十万，我就借她了。"

"竟然要二十万！"

"结果后来，又必须做更精细的检查。她说因为那是最高端的医疗技术，所以医保没能付。她一直以来都是个单亲妈妈，根本也没有多余的钱去保个人保险什么的。因为她就是那种把自己放在第二位、第三位，而家人永远摆在最优先的人。所以，那阵子我就十万、二十万的这样借给她。"

"不过好吧，毕竟都生病了，也没有办法嘛。"

桐子长长地叹了口气。为什么到了这种时候，我却还非得要说点什么维护她呢，她不禁对自己有点看不下去。

"还有，我刚刚也跟你说过，她的梦想是当上理疗师，她跟我说，要进技术学校的话，注册费和学费加起来就差不多要八十万。可是我又觉得，如果能顺利取得执照的话，对她未来照顾我也是很有帮助的。"

"是。"

桐子点点头，此时她开始觉得自己也渐渐看清了这个故事的全貌。

"然后还有，她女儿最近要生孩子了，今年过年我还跟她去她女儿那边待了一段时间，结果她又跟我借了祝贺生产用的红包钱、生产费用，还有住院费。"

"那你见到她的女儿和外孙了吗？"

"没有，她说要等产后都告一段落，安定下来之后再说，看样子女儿大概跟她一样都是体弱多病的体质，好像还说怀孕的情况不乐观，随时都有流产的危险，所以她说现在不能去惊动她。因为她女儿是一个非常依赖妈妈的孩子，一直都很黏妈妈，要是现在跟她提什么再婚的事，她大概会受到非常大的打击吧。"

什么打击不打击的，自己也都已经是一个要生孩子、当妈妈的人了，到底还要依赖妈妈到什么时候啊？桐子在心里暗骂道。

"她真的是个很温柔的人呢。"

三笠还是照样在替薰子说话。

"我跟我的儿子之前在那种情况下分开，之后好长一段时间都是没有办法见面的状态，所以我就觉得，好像可以拥有一个新的家庭了，就很期待她女儿的生产。"

"是这样啊。"

"话说回来，在我们吵架之前，她就说她搬家的事情都已经准备好了，'那你借我搬家的费用吧'，我把钱给她了之后才吵架的。"

"原来如此。"

桐子只能点头。

"其实到目前为止我一直都没有太在意。不过，自从薰子不在之后，我重新想过很多，然后呢，也稍微算了一下，这才发现林林总总加起来，我总共给了她四百万左右。"

"四百万?!"

桐子不自觉地大叫出声。

"对……"

三笠本人也自觉不好意思，他缩了缩肩膀。

"那你那个，就是……"

"什么？"

"印章啊存折那类的呢？都有收好吗？还是都交给她了？"

"我没有那么做啦。没问题的。"

三笠挺起胸膛。

"你有没有真的去确认一下？看看银行的存款有没有变少？"

"我才不是那么糊涂的男人呢，再说薰子她又不是小偷。她就只是比较缺钱。我也只是在说，仔细想起来已经给了她四百万了，我要表达的只是这样而已。"

既然对方都这么说了，桐子也没有任何方法可以去确认他真实的心意，不过，总之，他应该也是真的那样想。

桐子突然注意到一件事。那就是目前为止看见的，那个"她"留下来的东西……伞、靴子和开襟衫，虽然样子都很华丽鲜艳，但都一眼就能看出是便宜货。桐子也是女人，多多少少也看得出那些东西的价值。感觉她留下来的，全都是些丢了也不会感到可惜的东西。

"那所以，一桥……"

"嗯。"

"你说我该怎么办才好呢？我应该更认真地去找她吗？万一，搞不好她其实是出了什么意外或是生了什么病之类的呢？我应该要去通知警察吗？"

"啊……"

"还是说难道我……"

三笠咕嘟一声咽了口口水。

"其实是被骗了吗？难道是婚姻诈骗吗？你觉得是吗？可以不用顾虑我的感受，直接跟我说你是怎么想的就好。"

桐子根本回答不出来。

"哎呀，原来是这么一回事，那我就安心一点了。"

明子接到桐子的联络之后，在电话的那头开心地说着。

三笠染上了重感冒，一直在家里卧床休息，同居对象则是因为必须照顾双亲而暂时回乡下一阵子，这是桐子和三笠一起串通好的对外说法。

明子那么关心三笠的状况，自己却还对她说谎，桐子虽然觉得过意不去，但又被交代说希望先不要对俳句社的大家多说什么，所以她也没办法。

至于桐子自己，其实也还没办法断定，到底这个薰子实际上是带着多少恶意让三笠身陷其中的呢，还是说她真的只是暂时闹别扭离家出走了而已？

姑且还是有问过三笠，那要不要去找警察问问呢？但他也只是"嗯……嗯……"地不断抱着胸、歪着头烦恼，最后还是回答说："我看我还是再自己找找看好了。"

果然，他还是喜欢着她啊，桐子有点寂寥地心想。

"你有跟你儿子讨论过这件事吗？"

"怎么可能啊。"

三笠用力摇了摇头。

"那家伙，根本就不管我的死活。他只顾他老婆那边的岳家。虽然他根本不管，但我要是跟他说我要跟薰子结婚的事，他一定又会意见一堆。要是走到那一步，我真的会跟他断绝亲子关系的。我甚至连搬家的事都没有告诉他。"

结果，桐子就这样带着一堆悬而未决的事，回到了自己家。

不过，桐子决定到薰子之前工作的那家康复中心去，假装成去复健的客人，然后多探听一些她的底细。桐子的腰腿疼痛也已经不是一天两天的事了，所以做这件事完全不需要骗人。

其实，原本是觉得由三笠自己直接再去一次现场，好好说明原因之后，应该会比较容易问出一些什么，但他本人很坚决地说了:"我才不要。"

"之前就已经去过一次了,就算我再去也绝对没办法多挖出什么新的消息。"

"那不然,我去试试看呢?"

"那就太感谢你了!"

三笠抓住桐子的手一个劲地开心。

"我该怎么谢你才好!"

"别这样,就算是我去,搞不好也根本调查不出什么重要的东西,你不要太期待。"

"可以跟桐子说这些事真是太好了,你知不知道我憋得多难受。"

不夸张,三笠的眼里涌上了泪水。

"别这样啦,我根本什么也帮不上。"

"我是说真的。光是你愿意听我说,就已经替我卸下心头的重担了。"

桐子回去前,还是在玄关处试着再劝了他一次:"我觉得你还是跟你儿子聊聊这件事比较好。"

三笠姑且点了点头,但不知道他是否真的有听进去。

隔天一大早,桐子就前往那家康复中心,它就在车站前圆环的其中一角。

招牌写着"Four Seasons 四季正骨中心",简直像是一流大饭店的名字,店址位于白色建筑的一楼。

好气派的康复中心,是不是真的赚很多啊,桐子心想,一边走进自动门。

柜台站着一位年轻的白衣女性,她对桐子微微一笑。记得薰子以前也是帮忙做前台的。这样的话,大概就是和现在这位女性站在相同的位子上吧,桐子思考道。

"早上好。"

"早安。那个,我是第一次来……"

对方请桐子出示医保卡、填写问诊单。并且说明,如果符合医保资格的话,初诊之后的收费会是一次五百日元。

在候诊室有几个老人,还有高中女生。不过桐子虽然没有预约,大约也只等了十分钟便可以进入诊间。

里头排列着四张床,还有四张按摩用的椅子。进去的时候,除了桐子以外已经有三组患者和理疗师各占一床。

——有很多位治疗师的样子,应该很快就会有人来了……

桐子按照指示坐到了床上,一位年轻的男治疗师一手拿着问诊单对她提问。不知道是不是为了和桐子维持平视,他看起来半跪着坐在桐子身旁。

腰痛……差不多是什么时候开始的？都是什么时间点会痛？痛的次数多吗？从事什么样的工作呢？有运动的习惯吗？他把问诊单上写过的内容都再问过、确认过一次。

每个问题都只需要照实回答即可，所以桐子答得很流畅。

"好的，那麻烦您先趴在这边，我稍微帮您看一下。"

因为戴着大大的口罩，因此看不到他的整张脸，但光是从眼角和声音就可以感觉到他既年轻，个性又温柔。

"这边感觉怎么样？会痛吗？这边呢，还好吗？"

听着这么温柔的声音又被揉着身体，真是舒服得让人都要忘记原本的目的了。

"我就知道，您的腰有一点歪了。我想之后只要常常注意、记得调整身体重心，就会好一点了。"

桐子听他这么说，心里开始觉得，虽然说起来算是受三笠之托才来的，但来这一趟还真是太好了呀。

"请问您是怎么知道我们这边的呢？"

他很自然地这么问道，桐子心想，这可不是个大好机会嘛。

"嗯，就是有一个认识的人在这边做前台，她就介绍我来了。"

"咦,前台吗?"

"对啊,她叫齐藤薰子,不过我看她今天好像不在。"

"……齐藤小姐吗?"

"我最近都联络不上她。不过,是她跟我说这边实在很不错,所以我才会来的。"

"这样子啊……"

"我跟薰子是在俳句社团认识的。"

这种时候,在哪里认识的随便带过就可以了吧。

"她真的很热心地在跟我推荐这里。我听说她自己也拿到了按摩师的资格。"

对方突然开始什么也不回答,只感觉到他的手还在腰部附近持续按摩着。

"那个什么,我听说她会来这边,好像也是因为想要考取理疗师资格之类的。"

"啊,就是她,就是在说她。"

这时,隔壁突然传来一道粗厚的声音,吓了桐子一跳。桐子维持趴着的状态,脸埋在床上挖的圆孔里,所以什么也看不到,但听起来是正在替隔壁那位客人治疗的治疗师对这个话题有反应。

"啊，就是她。"

接着两个人的声音又突然缩了回去，几乎听不到了。并不是桐子耳朵不好，而是两人改用窃窃私语的方式，还一边挤眉弄眼地交流。

无论如何，都可以感受到他们对于谈话中所提及的那个人，并没有抱持什么好的观感。

"齐藤小姐，最近还有来吗？"

因为对方一直不回应，桐子又问了一次。

"啊，她离职了。"

"是吗。我没听她说过，难道是去其他店工作了吗？"

"不是吧，我想应该不是。"

接着，他把手放在桐子的脖子那一带，蹲下身来。然后，把手指按进脖子的骨头和骨头之间。他确确实实地按到了脖子的筋脉，桐子疼得差点"咿！"的一声叫出来。

"……我想她应该是连什么按摩师的执照都没有。"

他在桐子的耳边悄声说道。

气息掠过耳际，害得桐子不禁一阵哆嗦。脖子好痛、耳朵起鸡皮疙瘩，就连他说的内容都很冲击。一下子这么多的刺激，感觉脑袋都要混乱了。

"真的吗……"

"难道说,一桥小姐,你被那个人骗了什么吗?有没有跟你拿钱什么的……"

"没有,都没有。"

"这样啊,那就好,嗯。"

他把声音压得更低了。

"你说的那个人,就只在这边待了几个礼拜而已,可光是那段时间里,就有很多人……大部分是男性,反正很多人去跟她搭话……我们也蛮困扰的。"

"搭话?"

"嗯——该怎么说呢?"

他站了起来,拿起盖在桐子身上的毛巾。与此同时,唰的一声用力拉上了这一床和隔壁床之间的帘子。

"请您躺成正面。"

桐子依言照做。他把拿下来的毛巾又重新盖回桐子身上。这一次,桐子的脸上也被盖了毛巾。然后,他把桐子的手臂拉过来,画着圆圈转动手腕。骨头发出喀哩喀哩的声音。

"如果,她有引诱您做什么的话,请您千万不要答应她。"

"是发生过什么事吗?"

"……虽然我也不是很清楚。"

可以感觉到他似乎四下张望了一下。

"自从她离职了之后,就有各式各样的人跑来抱怨。但是,院长要我们一概回答她的所作所为跟本院没有任何关系就好。可是我个人觉得,如果受害的人数继续增加,那我们也会很困扰,所以觉得还是应该跟您说清楚。"

"咦?说什么?"

"那个人,首先,她的经历全部都是假的。住址、毕业的大学、资格证什么的都是。搞不好就连名字都不是本名。"

"啊哟。"

"然后呢,就像我刚才说的,她在这边的那段期间,有很多男性去跟她搭话……当中有些人甚至还给了她一些钱。就连家人都跑来跟我们抱怨,我们实在是非常困扰。"

"有这种事啊。"

"所以说如果,她对一桥小姐您提起任何那方面的事情的话,请您一定要拒绝她。"

"哦不,不会啦,我没事的。先不用担心我。不过,没有人知道她现在去了哪里吗?"

"嗯嗯。她离开之后,院长也有试着跟她联络,可不管是手机还是什么的全都打不通。"

桐子当时的心悸果然不是错觉。

这下，到底该从哪里、又该如何对三笠说明呢……

不论是从康复中心回家的路上还是上班的时候，桐子都一直在烦恼。

这种事情根本没办法跟任何人讨论。

况且还关乎三笠他个人金钱方面的状况……这种时候要是知子还在的话就好了。

再说，本来应该可以跟年纪相对成熟稳重的明子商量的，可是之前已经对她撒了谎，事到如今才说实话反而会让对方觉得不太好吧。

——而三笠一定还在引颈期盼，等着看我会怎么跟他报告吧。

这么一想，胸口就痛了起来。

桐子个人认为，将人置于不安的处境本身就是一件罪大恶极的事情了。比起拒绝或是否定还要更上一层楼的，就是把别人的心高高悬在半空中然后放着不管，实在没有比这更残酷的行为了。关于这点，是自己在至今为止的人生当中，尤其是在当上班族的时期学到的一课。桐子年轻的时候，同事基本上都是男性，上司也是男的。坏心眼的主管对那些处于比较弱势地位的下属或是客户,有时候会采取不明确给出回复、就那样放他们自生自灭好几个月的做法。如果有人向他提醒这件事,他也只会随便搪塞几句说:"没有啊,说得更清楚的话对方不是更可怜吗?""拒绝的话大家都不好过嘛。"但也只是为了不想让自己当坏人而已。不然,就只能说他是个严重的虐待狂。

另一方面,也是受到了知子的影响。

一起生活的日子里,知子有时候会聊起一些关于过世丈夫的琐事,听说他在自己家里,也是那种会置人于不安境地的人,让知子和儿子们没少哭过。

"不管是升学还是家计还是旅行的行程,反正,家里的每一件事情如果不由他亲自下决定的话他就不会甘心,他就是这种人。"

有一次,知子在饭店大厅的巨大水晶吊灯前喃喃地这么说道。那是某天吃完美味的自助后要回家前的事情。

"可是,就算找他讨论,他也不会跟你说他觉得好还是不好,就那样放好几个月都不回答。如果再主动问他又会生气,然后讲出一些完全反对我们想法的话,因为知道一定会这样,所以我们全家人就只能静静地屏息以待……"

他一定是想用恐怖跟不安来控制整个家庭吧。

"找到工作之后,儿子们就相继离开家里了。他们两个,都只有在那时候完全没问过我老公的意见,依照自己的意志默默地离开了。这也是无可奈何的吧。想来应该是已经到了极限,再也无法继续与父亲相处了,然后一定也是对我感到很生气吧。对我这个只会一直隐忍、一点力量也没有的母亲。"

"你怎么说这种话嘛。知子你可是把他们养到这么大了啊。"

"二儿子要离开家的时候,倒是有跟我说:'妈,跟我一起走吧。'"

"哎呀,真是个好孩子。"

"可是,最后我还是没跟他走。毕竟我老公也没有暴力到对我动手,那个时候,也还没有听过什么关系霸凌这种词,实在找不到什么明确的离婚理由来说服周遭的人。"

桐子也不知道该怎么办,只能轻轻抚着知子的双手。

"不过,我觉得这样也不错。我还能送我老公最后一程,也可以安心了。"

"知子你已经很伟大了。"

"谢谢你。现在我是真的很幸福。"

我也一样,桐子没有把这句话说出口,而是咚咚地轻轻拍了拍知子的背。

"还有啊，其实我……"

知子说到这里就闭上了嘴，然后看着桐子微笑了。

"什么？"

"不、能、说。"

那时她到底是要说什么呢？

桐子一边刷着厕所，忽然想起这件事，又觉得不对，赶紧把思绪拉了回来。

——现在可得先想一想三笠的事情才行。到底该怎么跟他说才好。

到最后，还是只能全部据实以告了吧，怎么想都觉得应该如此。一旦知道了真相，人也许会唉声叹气一段时间，但至少可以不必再继续烦恼或是疑惑了。

因为接下来，除了继续前进以外也别无他法。

——说是这么说，真的知道真相之后，我实在不知道他会变成什么样子。

"哎，关于失恋……男人都是怎么想的啊？"

正在打扫吸烟室的时候，正巧碰上久远一个人在里面，他也跟桐子打了招呼，因此她忍不住直接对他发问。

"呃，失恋?"

久远停下了手上正在抽的烟，轻咳了起来。

"哎呀，真对不起。"

"不是……谁叫一桥大姐你突然说些奇怪的话。"

他边喘边咳，比刚才更严重了。

"真的很抱歉。"

"该说是好奇怪，还是好荒谬。"

久远还在呛咳着，但他笑了出来。

"你明明是趁工作的空档好不容易出来喘口气的，这下都被我搞砸了……"

桐子放下手中的拖把，轻抚着久远的背。

"没关系。可是，你为什么这么问？为什么会问男人对失恋的看法。"

"也没什么啦，我只是在想，失恋这种事情不管是谁遇到了都会很难过吧，可是，男人是不是会在某种程度上相对比较理性，可以比较冷静之类的，会吗?"

桐子提问的语气里，包含了一种自己很希望如此的主观推测。

"才没有差别，失恋不就是不论男人还是女人都会一样难受的吗。"

久远稍稍蹙起眉头回答道。难道说,最近,他也发生了什么事吗。

"说得也是。"

"可是,你会这样问,一定是有什么原因才对吧。"

被对方这么一问,桐子反而有种松了口气的感觉。

实在好想跟谁聊一聊三笠隆的事情,问问别人的意见,最重要的是,自己实在快受不了了,真的很需要问问别人,让人帮忙判断一下:就自己如今掌握的事实而言,这些到底是诈骗呢,还是真的就只是恋爱的纠葛呢?

有一次趁雪菜来家里玩的时候,当作闲话家常试着和她聊了一下,但还是想找个完全不认识三笠隆、可以客观判断的人来问问看,如果对象是成年男性的话就更好了。

"你愿意听我说一下吗……?"

桐子尽可能不拖太久时间,赶紧说了起来。

有一个老人跟(相较于三笠)年轻的女性交往,然后被对方以医药费、注册费、学费、孩子的生产费用、伙食费……等等的名目不停地借钱或是说拿钱。短短几个月总共就给了四百多万。然后女方就突然不知去向,也一直联络不上。在女方之前工作的地方也有别的受害案例,还听说她的履历全部都是造假的。

为了不想给久远添麻烦，桐子拼命加快自己说话的速度，中途还被制止说："我不赶时间，哎唷，你慢一点，慢慢说就好。"

　　"……那听起来……应该就是诈骗了吧。"

　　把整件事情听完的久远思考了一阵子，才一边吐着香烟的烟雾一边说道。

　　"没错吧！"

　　说得正起劲的桐子，甚至在对方话都还没说完的时候，就已经脱口而出响应道。

　　"你说的那位……如果只听那位男性的片面之词，是没办法那么肯定的，但是把其他的事情加进来一起思考的话，就可以断定是某种诈骗了。"

　　"你也这么认为吧！"

　　"可是，可以立案吗？我不太确定。要当成一个案件来办的话好像是没那么容易。如果说以结婚还是什么条件当作借口把钱拿光那就真的是结婚诈骗，但单单说是'借钱'的话，更何况连借据都没有，就更难要求对方还钱了。"

　　"可是，那个男方也不想把这件事当成案件，根本不会去跟警察通报，大概吧。好像就只是想知道自己是不是被骗了，真的只是想知道这一点而已。所以我也只是在烦恼我到底要不要跟他说得那么明白，毕竟说了也就一定会害他失恋了嘛。"

"还不只是失恋而已，钱也没了，面子也丢光了，一定会非常难受的吧。"

久远摆出了一副，像是自己身上某个地方非常疼痛的表情。

"就是说啊。好可怜。"

桐子也能理解这种心情，毕竟一直到不久之前，她还有那么一点喜欢过作为故事主角的三笠呢。

"再说了，那位先生已经考虑到今后要跟对方一起度过余生，这样的人生计划都化为泡影了，那岂不是连未来的希望都全没了吗？"

"啊。"

说得没错，桐子倒是还没有想到这一点。

"不过其实也可以说，那些钱只是他在这次的投资组合当中亏损的一部分而已，算是不幸中的万幸了。"

"投……投资组合？"

"就是指金融产品的那种投资组合。"

"啊，是同一个概念吗？"

之前跟三笠确认过，他原本拥有的存款和退休金大概有两三千万,这次被薰子拿走了将近两成的资产。

所以说,尽管心有不甘或难过,不过以目前的情况来说,他似乎并不会很积极地去跟警察报案。

"就是说,虽然钱的部分也是个问题,但是我想,对他来说爱情跟未来的问题才是最让他难过的吧。"

"确实,那也是最困难的部分。"

嗯,到底该怎么跟三笠讲才好,桐子一直苦思无果。

"简单明了,像谈公事那样跟他直说就好了吧。"

久远这样建议道。

"不用带太多感情,直白地说。"

"就直白地说,这就是婚姻诈骗,这样吗?"

"就爽快地告诉他,这就是婚姻诈骗。"

"会不会有点太冷淡了啊,又不是冷素面或者中华凉面。"

"是有一点。"

不过……久远继续说:"反正到最后,他的痛苦还是只能一个人承受。没有人有办法帮他分担的。"

他一手夹着香烟,凝视着远方。

"该不会……"

"什么?"

"久远你也吃了这种苦吗?被这种事情……"

"哎呀。我也是人啊,好歹也会谈一两次恋爱啦。"

唉,不过像那位先生那样,上了年纪之后的恋爱肯定更辛苦吧,他嘴里小声地念着。

结束了今天的工作后,桐子发现手机上出现了陌生的电话号码,战战兢兢地回拨了,才发现是之前在小钢珠店认识的秋叶。

"最近怎么样?你最近都没来找我,有点寂寞啊。"

不知道他是真心的还是只是客套一下,但听到对方这样说总还是会有点开心,这就是一个人孤独过日子的悲哀。

"哎呀,说这种话还真是……户村先生最近怎么样呢?也都还好吗?"

"很好,那家伙也很好。"

虽然还是一副无情的样子,但不用看也知道两人的感情比起嘴上说的要好得多了。

"对了对了,我之前介绍给你的那位客人,她还好吗?有按时还钱吗?"

"她也很好。上一次的退休金拨款日她就已经乖乖地还钱了。我觉得,她搞不好还会再来跟我们借钱唷。因为她看起来很开心。"

"这样啊。不过,别让她借太多了哦。"

"好啦我知道。那时候真是谢谢你。"

"不用谢。但是从那次之后,我这边就没有再遇到什么需要借钱的人了。"

这部分应该是直接明了地说清楚会比较好吧,桐子先发制人道。

"啊,不是,我今天是有点事想要拜托你。"

"什么事?不会是什么很难做到的事情吧?"

桐子语带保留。虽然说对方人并不坏,但是他的身边、他的后台可是连结着黑社会的人。小心谨慎一点才是上策。桐子已经做好了心理准备,决定如果听起来不太妙的话就要马上拒绝。

"桐子姐,有没有兴趣参加工作坊?"

"工作坊?"

"或是,用现代人的话来说是叫……讲座课程?"

不管是工作坊还是讲座课程,桐子都没有头绪,都是她活到目前为止的人生当中几乎连听都没有听过的词。

"讲白一点,就是以高龄女性作为主要客群开办的教你赚钱的专题课程。"

总觉得越来越可疑了。

"真不好意思。我真的没有钱，也没有什么可以提供给你们的课程材料。"

桐子半开玩笑地这么说，心里也还是对自己呐喊着"要小心、要小心"。

"我不是那个意思。你也知道，我们上面有一个对我们很照顾的大哥。就是开贷款公司的那个大哥。他以前的这个……"

秋叶大概是在电话的那一头翘起了一根小指吧。

"啊，讲电话看不到。反正就是大哥以前的女人，好像办了一个那个工作坊什么的。然后就希望可以帮她介绍高龄的女性去参加。"

"可是我，对这种东西实在是……"

"我们大哥虽然很强势，但也是个好人，那个女人目前还没有找到什么人来参加，就来找大哥哭诉，大哥也没办法，就只好帮忙找人了。那个工作坊，虽然参加一次要一万日元，但我们大哥说那个就他来出。听说是不用找什么美女，但希望是口才要好、口风要紧、整体干净利落的女性。"

总觉得好像真的太不寻常了，桐子根本说不出话。

"结果我马上就想到桐子姐了，你全都符合啊。"

"可是那个内容到底是什么,你不说清楚的话我根本什么也不知道。"

"好吧,那我去跟大哥问一下。"

挂了电话之后,过了大约十分钟,秋叶真的又打了过来。

"我去问了大哥,结果他说除了工作坊费用的一万日元之外,如果你去的话,他会出一万日元日薪哦。"

"咦?"

"去几小时就有一万日元哦。听起来不错吧。要是我是女的我也想去。当然,如果中途不想参加了也可以马上回去没有关系的。"

脑海中虽然警铃大作,但桐子的想法已经逐渐开始倾向可以去听听看那是在做什么。

"所以我说那个的内容到底是什么呢?"

"……好像是关于诈骗的。"

"诈骗?"

"我们大哥的女人,她以前白天在当保险业务员,晚上当小酒馆的老板娘,总之对男人很有一套。她就用自己的经历开通了诈骗这条路,不过她现在都已经差不多要八十了,所以就想要金盆洗手。然后,她因为想学点别的东西,就去参加了什么创业工作坊之类的，结果她学到的是：所谓的事业，就是把自己某种程度的成功经验拿来教学、拿来卖钱，这种的才赚得最多。所以她就想，自己也来开一个工作坊，不过目前还没找到什么人来参加，然后跑来找大哥哭诉了。不过既然是类似诈骗的东西，也不好大大方方地打广告嘛，再说对象又是老人，就算用网络也很难招到人来。"

"原来如此。"

"我们大哥对待自己曾经爱过的女人，可舍不得让她遭遇这么残酷的状况。"

桐子的心里越来越动摇了。

虽然自己被诈骗的话是很可怕，但如果是去加入诈骗别人的一方，顺利的话搞不好还可以被逮捕。

桐子想了一下自己前几天才确认过的存款账户。里面只剩下几万日元了。不，实际上她记得清清楚楚，剩下两万三千五百六十八日元。

就算是有人要来偷，自己能被夺走的东西也只剩下这样而已了。而且，他刚刚是不是说，只要被限制行动几个小时就有一万日元可以拿？

况且，桐子根本就不怕被抓。不如说，她很想犯下重罪被逮捕。

说不定，根本就没有什么好怕的呢。

"可以再让我考虑一下吗？"

"咦？好啊。那你想好再打给我哦。啊不过，因为是有关诈骗的事，所以也不要随便跟别人说。"

"我知道。这个你不用担心。"

嘴上是这么说，但桐子其实在思考，这种事情，到底该找谁商量呢。

来到了开办讲座的咖啡店前，雪菜面朝着另一个方向，轻轻握了握桐子的手。

"那我就在对面那边的咖啡厅等你。"

雪菜一脸理所当然的表情，用鼻尖指着对面的连锁咖啡厅。

"好。"

"如果发生什么事，就马上联络我哦。我就会直接冲进去，还可以立刻报警。"

"你放轻松啦，不用这么来势汹汹。"

"你手机要记得放口袋哦。不管发生什么事，反正就先跟对方说'拜托先让我去个厕所'，然后你就打电话。如果真的很糟糕的话，不要只打给我，也要同时打给警察。这边的地址你记住了吧?"

地址是秋叶传过来的,雪菜让她默背了好几次。

"雪菜你真的很聪明懂事。"

"之前有一次,我朋友去应聘一个奇怪的打工,那时候我也是这样。"

结果那是一个要穿着制服帮男人按摩的地方,雪菜喃喃说道。

"那种地方,雪菜你自己应该也没有去吧?"

"我才不会去什么女高中生制服店咧。"

桐子还在思考制服店指的是什么意思,雪菜已经挥着手说拜拜,走进了对面的咖啡厅。

店里的装潢弄得很复古。窗户是雾面玻璃,刻意做成从外面看不进来的样子。

昨天晚上,跟雪菜提到了这个兼职的事情,虽然她也说"好可疑哦",但另一方面两人也得到了"可是一万日元真的好多"的共识。再说了,越是可疑,也就越有可能接近桐子的目标:"被捕""坐牢",这点两人也都同意。

"诈骗这种事,其实是重罪呢!听说不能易科罚金,而是处十年以下徒刑哦。"

雪菜马上就上网查了。

"那样说起来到底算是真的重判呢,还是其实很轻呢?"

"跟之前的高利贷比起来算是判很重了吧?"

"可是。"

桐子思考了一下。

"诈骗主要是指骗钱吧?也就是说骗子们最想要的就是钱了不是吗?这样的话,如果用罚金把骗来的钱收走,应该也会有人觉得比坐牢要难过得多吧?虽然坐牢也是该坐,但应该规定诈骗的人罚金都要超过百万元以上之类的,这样才能减少诈骗吧?"

"这样啊……刑罚这种东西还真有意思。"

这个国家的法律,看来还有很多改善空间嘛,雪菜双手抱胸这么说道。

最后,她们讨论的结果是,让放学的雪菜跟着一起到店门口作为前提才能去。

——发生什么事的话,总而言之,先进厕所。

一边回想着和雪菜约定时的情况,桐子把手放到门上。感觉心情出乎意料地平静。

店内十分宽敞,以桌子为单位被隔成大约二十个小区块,最深处的角落里坐着一个女人,她轻轻地举起手,出声唤道:"一桥小姐。"

对方看起来大方又亲切,桐子稍微松了口气地走向她。那位女性的面前,已经坐了一个和桐子差不多年纪的老年女子。

"你是一桥小姐吧?想喝点什么呢?我们都点了热咖啡,一桥小姐你要……"

"那我也热咖啡。"

"哎呀,你不用顾虑我们。看你想喝什么,都可以点,这边都算我的。"

"没有没有,真的热咖啡就好了。"

"好哦。"

女子再度举起手叫来店员,加点了一杯热咖啡。

她的一举一动都高雅得恰到好处,桐子打从一开始就感受到一股压倒人的气势。在等饮料送上来的时候,她们互相自我介绍。

说是工作坊,成员也就只有她们三人……也就是说学员只有两人。

"一桥小姐,叫什么名字呢?桐子是吗?那就叫你桐子小姐可以吗?这位是里中清子小姐。"

女子用涂着指甲油的手指优雅地指向桐子身旁的女性。

她好像也显得畏畏缩缩，不知所措地低下头来。一件厚厚的羽绒外套挂在椅子上，她身上穿着的毛衣比外套还膨。不知道是不是热昏头了，只见她频频拿手帕擦着汗。除此之外就是个没有什么特色的女人。

"虽然我想你们应该都听过我的名字了……我就是小池由香里。请多多关照。"

由香里恭谨地行了个礼，桐子和清子也连忙跟着照做。

那也就是说，这个人果然就是秋叶的"大哥"以前的女人了吧，桐子心想。之前听说是八十岁了，但实在是看不出已经这把年纪了，甚至还以为不是他说的那个人呢。两个人坐在一起，搞不好桐子看起来还比较老。如果被那个超市的盗窃调查员海野小姐看到了的话，不知道会觉得她几岁呢。

头发染成了棕色，白白净净的长相、笑起来还看得见酒窝，妆虽然有点厚但不失格调。藏青色的无袖上衣，光是肩膀部位的做工就彰显着那并非廉价之物。要是没有听说她以前的身份，光看长相的话就算说是一个平凡人家的太太也说得通。最重要的是声音十分动听。很有教养地、小声地说话，却传达得很清楚。

说不定她当过演员或是女主播呢。年轻的时候应是什么都不做就很引人注目的类型吧。

"今天专程把你们找来这里，真不好意思。"

由香里啜饮着端上桌的咖啡一边说道，动作依然是一派优雅。然后她说起了桐子也从秋叶那边听说过的故事……晚上卖酒、白天卖保险，曾经一度嫁给了非常有钱又比自己年纪大的男人，但五十几岁的时候对方就过世了，从那之后就一直过着没有工作的生活，她把这些都说了一遍。

"哎呀，我还以为老师您曾经是女明星之类的呢。"

桐子并不是出于客套才这么说，对方则是报以微笑："啊，好开心哦。其实我还是学生的时候，也曾经站上过舞台呢。"

"说起来，你们之前应该有听说过一个，从好几个男人身上挖了非常多钱，然后杀了好几个人的女人吧？"

由香里啜了一口咖啡，说出了这个问句，这让桐子沉吟着想了一下。好像前不久确实有看到这样的新闻，桐子想起来了。

"你们应该有印象吧？"

她看向自己这边，因此桐子回答道："……我记得，好像是叫笹井玲奈吗？"

桐子记得自己当时在看电视的时候，心里的感觉是：光是这个名字听起来就和她做的事情一样冷酷无情。那个时候,她的名字被化称为"莎莎雷娜",在时事节目上红极一时。

"对、对。像那种女人,最差劲了!最糟糕的那种糟糕。"

没错,杀了人的女人当然是最糟糕的那种糟糕。

"不能真的搞到杀掉别人嘛。就算不做那种事,也一样拿得到钱。应该说,本来就不应该挖钱挖到非得杀人不可的地步呀。在那之前就该停手了。这就是点到为止的美学。"

结果她骂的方向跟桐子原先预想的完全背道而驰,说不出话的桐子只能在心里发出"咿——"的惨叫声。点到为止?美学?这是在说什么啊。

"比方说,想要拿走多到会让家人或周遭的人起疑的巨款或是抢走人家的房子也都是不行的。那样会闹上警察局的。"

此时,坐在桐子身旁的清子竟然从包里拿出记事本,开始专心地做笔记。

"还有,这一点虽然是因人而异,但基本上来说是不可以上床的。因为就算不做那种事,也一样拿得到钱。我之所以会觉得笹井玲奈实在太糟糕了,一部分也是因为这个原因。用上床来拿到钱。我本人是绝对不会认同的。"

由香里皱起眉头。

桐子从差不多同年龄的女人口中听到"上床"这种用词，再次在心里发出了"咿！"的惨叫声。桐子本人的这一生中，从来没有把那种话说出口过。

"当然，如果是为了做效果的话有时候是可以用。不过，那是最后的手段了。要很确定可以拿到百万日元以上金额的时候才可以。自己的身体当然不能贱卖。不过，绝大多数都是不需要用到的。就算不做那种事情，也可以很轻松地拿到几十万，不，几百万都没问题。"

感觉好像听见清子咕嘟一声吞了口口水。

"我在这边想要教给大家的，其实是女人靠自己一个人也能活下去的方法。在这个充满艰难的世界，要一个人生存下去真的很不容易。"

桐子还没来得及思考，便点了点头。关于这点，她可是每天都切身感受。

"那么各位，准备好了吗？接下来，我要进入正题了哦。"

小池由香里稍微做了一点戏剧效果地说，同时微微一笑。

"我在这边要传授给各位的，就是我们该如何从男人身上把钱榨出来,又不至于被逮捕的方法。"

听说是诈骗,原来是真的啊,桐子看着由香里的脸在心里想道。

"如何?"

来到了会合的咖啡厅,雪菜从自己正在读的书里抬起头。

"你去好久哦。我很担心你,就差那么一点我就要冲进去了。我担心得连书也看不下去啊。"

"啊啊啊啊。"

桐子像个筋疲力尽的战士,往雪菜的面前一坐。

"好累啊……"

"你还好吗?"

雪菜连忙跑到柜台,点了一杯可可回来。

"喝这个吧。"

"谢谢。这杯多少?"

"这种事情就先别管啦!"

桐子双手捧起了装着可可的杯子,咕噜咕噜地喝下肚。

"哈啊啊啊。"

"小桐婆婆,发生什么事了吗?"

感觉到甜滋滋的液体慢慢地落入胃里。脑袋也逐渐恢复清晰。

桐子这才发现，不单是那个小池由香里所说的话让心神遭了不少罪，实际上自己也确实是低血糖了。

"那些人啊，真不得了。"

"那……些人？你是说，去参加工作坊的那些人吗？"

"对。"

桐子不禁看了看四周。虽然应该不会发生那种事，但如果清子就在附近的话，那情况会变得很复杂。不过现场只有几个年轻人，看起来是认真念书的大学生，除此之外都是上班族，没看到什么有印象的面孔。

"与其说很不得了，不如说好可怕。"

"所以到底是发生了什么事？"

"真的在教人家从老男人身上榨出钱来的方法。真的是在教这个的。"

"也就是说，真的是诈骗？"

"该说是所谓的婚姻诈骗呢，还是其实算美人计……"

桐子回想起刚才听来的说法。

"首先，要到什么样的地方才能找到好骗的男人……也就是目标呢？我们要从这边开始。很明显，医院、美术馆、博物馆、歌舞伎、品酒会等等都很不错……因为这些地方会有很多孤独的有钱人。最好找那种没有跟小孩住在一起、老婆又先走一步的独居老人。找到这种老人跟他培养感情，接着就慢慢地把钱拿过来。"

"那种事情，有那么容易吗？"

"怎么说呢……"

桐子又想起小池由香里说的话。

"你不用长得很漂亮。应该说，要是太漂亮，反而会让对方起疑、心生警戒。再来，你要懂得把对方捧得高高的。我全靠你了呀、我没有你不行呀，说些像是这样的话，让他感觉被捧上了天。至于拿钱的理由不管说什么都可以。比方说最常用的就是付不出医药费、孙子生了重病、没有钱缴儿女或是孙女的学费之类的吧。然后，再一直跟他说我只能靠你了、除了你之外我根本没办法跟别人借钱之类的，多说几次，让对方的自尊心整个膨胀起来。"

"那个……"

清子从记事本里抬起头，问道。

"可是，借了之后就还不了了……万一对方要求把钱还回来的话该怎么办呢？"

"所以，最重要的就是一开始就要讲清楚自己没钱。因为没钱所以还不出来，根本不知道什么时候才能还，这部分要先说得很清楚哦。一定会有那种男人，就算这样也还是会借你钱的。"

"如果对方要求要有肉体关系的话又该怎么办呢？"

"这一点也是一开始就要讲清楚了。可以说你腰不好所以没办法上床之类的。已经不想再婚了这种话也要坦白说出来。可以跟对方说接受一起生活，但是因为前夫的种种已经不想再结婚了。这样的话就不会变成结婚诈骗。反过来说，搞不好还会吸引到一些超积极的人，他们会想：那就让我来重新燃起你结婚的冲动吧！遇到这种人，就更容易从对方身上挖钱了。"

原来如此，太有道理了，桐子不禁跟着点了点头。

"真的会有男人想跟我这种人交往吗？因为老师你是个美女所以才能做到这些的吧。"

清子外表看起来沉稳，问题却意外地多。看来可能是不问到清楚为止就没办法轻易行动的个性吧。

"目前为止，你有过恋爱不顺利的经验吗？"

由香里反过来问她。

"那当然有。年轻的时候我每次都是单恋。"

她发出了难过的声音。

"那是因为你一直想找自己喜欢的人交往。我已经强调过很多次了，我们并没有真的要去跟目标交往，更没有要结婚。所以从喜欢上自己的男人当中挑选就可以了。只要你不喜欢对方，谈恋爱就会变成一件很简单的事。一旦对方开始喜欢你，接下来的目标就只剩下让他对你无法自拔了。你这辈子，有没有被自己完全没兴趣的男性不厌其烦地骚扰的经验呢？以往那种时候通常会因为不想惹麻烦而拒绝吧，不过今后，那样的男性就是我们的目标。"

就算是恋爱经验屈指可数的桐子，年轻的时候也至少被邀约过几次。因此她不禁点头认同。

"也不需要刻意去改变自己的容貌。只需要找到爱着现在这样的自己的人就可以了。因为你并没有必要和那个人交往或是结婚嘛。所以不管对象是多恶心的丑男都没关系。反正都只是为了钱才去接近人家而已。甚至可以说，越是讨人厌的男人，你拿他的钱会拿得越没有罪恶感。"

"哎——"，清子发出了几乎像是叹息一样的赞同声。

"胖一点的女人也有男人会爱，土里土气的女生也是某些男生的菜。不是我们要去迎合对方，我们要做的是等待对方来追求自己。不过，干净整齐是很重要的。自己的皮肤跟头发还是要保养好哦。"

此时由香里一把拿过桌上的纸巾，再从包里拿出看起来很贵的钢笔，在上面大大地写下了：财产。

"要知道从对象那里能挖出多少，记得确认这一点是非常重要的事情。可以大概抓对方财产总额的百分之十到二十。只要在这个范围内，就不必担心警察进来插手。这种程度的话，基本上也不太会跟家人、儿子之类的商量。男人都很爱面子，本来就很少跟别人讨论恋爱或是财产的话题。然后，在我们脱身之后，因为不想让别人觉得自己被甩了，也几乎不会跟别人说。所以说请把预算抓在财产总额的10%，最多不要超过20%。如果对方有三千万的资产，那就可以大概估个六百万，但是基本上，差不多一个人拿三四百万刚刚好。遇见对的人，两个人开始约会之后，就要毫不犹豫地尽早问出他目前住在哪里，住的地方大概多大，房子是不是自己的，退休金大约多少，这些都要赶快问清楚。"

老人会有那么多的资产吗……的确，如果在东京拥有一栋独栋房子的话，光是那房子就值几千万了。

接着，由香里在"财产"的旁边又大大地写下了"罪恶感"。

"有罪恶感是不可以的。因为罪恶感是一种很强烈、很强烈的情感，它会侵蚀你，将你导向失败之路。明白吗？一无是处的老男人，如果以为和女人看对眼了，还可以全身而退，那才是他的误会。我们是有价值的，他们想要和我们共度美好的时光，就得付出相应的价码才可以！"

"我明白了！"

清子很大声地回答道，连桐子都吓了一跳。

"我竟然一直都在忍受着这些不合理！"

"没错，你是非常有魅力的哦。"

由香里也看了看桐子这边，"一桥小姐你也是。"

"谢谢你。"

回过神来才发现，自己已经低下了头。

"虽然感觉像个傻瓜一样……可是，当她那么说的时候，我还真觉得有点爽快。"

桐子想起当下的心情，对雪莱坦承道。

"究竟是为什么呢？可能是因为我们这个年代都还是以男性为尊，世界是绕着男性旋转的世代吧。然后，她对我们说了'你是有价值的。你作为一个女人、作为一个人就已经是一件很棒的事了'。听起来当然会觉得很受用。上一次被别人那样赞美都已经不知道是多久以前的事了。先不讨论犯罪的部分，也许像那种事情本身，才是人们会想去工作坊或是讲座课程的原因吧。就是一瞬间让你看见光明的未来那种感觉。"

"那位老师就是靠这种事情赚大钱的吗？她在唯二的两个学生面前这样说？"

雪菜歪着头说道。

"我也不知道。虽然不知道她说的到底是不是真的，不过由香里已经有房子，也有财产，几乎可以不用工作了才对，不过她说她是为了帮助其他的女人才做的。"

"不过，她教别人这种事情……难道都不怕被抓起来吗？"

"她说了好几次，诈骗罪要立案是很困难的，更何况只是聊天讲话更不用怕被定罪吧。目前好像也还在试水期。她说之后还想要办更大的研讨会呢。而且还不只是这种讲座，还有那种可以讨论、解决其他疑问的个别指导课程，听说那个的话每个月要三万日元。不过说是因为真的会把你教到可以从男人身上拿到钱，所以绝对不会亏的。清子已经留下来说要继续多听一下了。"

"唔嗯。原来如此，原来是靠那种个别课程在赚钱的吗。"

"这一次虽然是别人帮我付的钱，可是我觉得真的有值得一万日元的感觉。而且还蛮好玩的。那个清子也是，我感觉她好像也不是只为了想学诈骗才去上课的。也有可能是想跟那么有魅力的人多说一点话吧。"

"嗯。那小桐婆婆,你想要试试看诈骗吗?"

"不知道。毕竟这个工作坊都只教人家不会被抓的方法,看起来诈骗这种事还真的意外地很难被逮捕,而且我的原则是不要给别人添麻烦……再说,我觉得我根本就没有可以好好骗过别人的才能。"

"就是说呀。"

"而且我已经从三笠身上看到了被抛弃的男人会有多失落……对了,还有。"

"怎么了?"

"我在听那个课程的过程中,就在想,那个人……我是说那个薰子会不会也参加了这个工作坊呢。你看,她教我们说金额大概抓个四百万,这点她也差不多,然后她做的事情也几乎都跟教的一样。我一边听课的时候,就一边觉得,这些事情好像在哪里听过了。"

"这样子吗。也不是没可能。不过,结婚诈骗这种事,搞不好也是大家都同走一个套路啦。"

"老师也是这么说的,这种程度的小额诈骗,其实比大家想象中要常见得多了。只是都没有浮上台面罢了。"

"啊，这么说来好像要跟犯罪沾上边的门槛降得好低啊。"

"我看我干脆去跟那个老师问问看好了。就假装若无其事地说，老师你认识薰子小姐吗，她说她也想知道这个讲座的事情……之类的。"

"小桐婆婆，你说你骗不了别人，可是，我看你好像变厉害了，说谎越说越顺了。"

"你乱讲啦。"

桐子开玩笑地作势打了雪菜一下，其实心里也对自己的变化感到吃惊，自己现在每天过着的日子，确实是跟知子一起住的时候连想也不曾想过的生活。

参加工作坊之后过了几天，桐子到三笠隆的家中拜访。自从上次听他说那些事情，已经过了约莫两个礼拜。

从那天开始桐子一直在想，薰子一定是带着某种企图才来接近他的，对于这点，桐子是越来越确信了。

她事先打过电话到三笠的家中，但一样是没有人接。移动电话也没有接。就连短信也没有回复，但是桐子心想，如果他有别的事的话应该就会回复自己还有事吧。于是桐子还是决定去拜访一下，如果对方不在那就直接回家。

和之前一样，她来到了公寓的五楼。

轻轻地敲了敲门。没有回音。又按了门铃，也没有任何回应。

就在桐子打算回家的时候，突然灵光一闪，直接握上了门把，没想到默默地一转竟然就打开了。桐子吓了一跳，把门拉开。

"三笠先生？"

她小声地对着屋内喊道。明明是大白天，屋里却灯火通明。

"三笠先生？三笠先生！三笠先生，我进来了哦！"

总不能就这样把门开着，然后自己跑回家吧，桐子马上脱了鞋入内一看究竟。经过走廊的时候，也一边喊着"三笠先生、三笠先生"一边小跑步。

桐子打开了通往最里面客厅的门，吃惊地发现，三笠隆就保持着跟自己上一次来的时候一样的状态坐在沙发上。

"三笠先生！"

他很慢很慢地把头转了过来，说："啊，是一桥啊。"桐子这才松了一口气。

"三笠先生，你没事吧？我按了好几次门铃，还喊了你好多次，因为门没锁所以我就擅自进来了。不好意思。"

"没有关系。"

三笠缓慢地说道。他身上的衣着，似乎也和桐子上次见到他的那天一模一样。

今天他看起来整个人很没精神，眼神也了无生气，难道是感冒了还是怎么了吗？桐子猜测着坐到他的身旁。

"三笠先生，关于薰子小姐的事……"

桐子觉得他会很难受，实在无法直视他的脸。她任由自己垂下了目光。

"说不定，有可能真的是诈骗。"

桐子说出了在四季康复中心听说的那些事情。

一口气说完，抬起头来准备问一句"你怎么看？"的时候，却看他已经睡着了。

维持着双手抱胸的姿势，脖子已经一顿、一顿地打起瞌睡来。

"三笠……先生？"

说到一半的时候就已经觉得对方几乎没什么响应，桐子还想，他一定是受到非常大的打击，一定很不好受吧。

明明在说这么重要的事，结果竟然睡着了……桐子觉得这个场面已经超过令人困惑的程度，总觉得他的样子甚至有点诡异，她就只能盯着三笠的睡脸，束手无策。

第五章

绑架

桐子虽然很在意，可是在那之后，她还是把三笠放着不管了。

对于最后直接睡着的三笠，桐子对自己解释说他一定是受了太大的打击才会那样，之后就赶紧回家了。

"那我今天就先告辞了。"

就算桐子打了招呼，还是连头也没有抬起来，三笠的样子实在太过怪异，桐子便没有再多做尝试。

隔天还是试着拨了他的手机，但始终没有人接。那几天，他的情况让桐子担心得不行。

——没有消息就是好消息，也可以这样想吧，搞不好有可能，在那之后那个女人就回来找他了。

这种时候总会下意识往好的方面想。

把不好的预感往心底某处赶去,要想好的、要想好的。

另一方面,他还是自己不久前喜欢过的男人。想到他有可能是过得太幸福,正整天打得火热的话,也还是令人火大。

——就算是这样,好歹也打一次电话过来吧。

这样一想就还是觉得很生气,某方面来说,其实也有一点给自己找借口的感觉。反正对方也没有联络啊,于是就这样把三笠放着不管了。同时又觉得这样的自己很糟糕。

——真是拿他没办法。还是做好被秀恩爱的觉悟,再去他家一次吧。下次休假的时候就去。

正当桐子还在忙着处理自己复杂的心情时,事情就在这个当口上发生了。

她正结束打扫的工作,到了休息室准备换衣服,打开包时,发现了手机上出现了来自俳句社的友冈明子的未接来电。不寻常的是,竟然有三通。

胸口突然刺痛了一下。应该是某种第六感吧。有种不好的、不祥的预感,在回拨电话之前,就已经察觉到"一定是三笠出事了吧"。

虽然知道是两个礼拜以前的事,但是却有一种好像已经无视三笠很久了似的罪恶感。

"是一桥啊！应该我打给你就好的，还让你回拨过来真是不好意思。"

不愧是深谙世道的明子，首先还是先致歉。不过，桐子想得没错，这次非比寻常，在她回话之前，对方就像咳嗽停不下来般地继续说道："你听说了吗？三笠先生他昨天，被送进医院了。"

"咦咦咦？"

"跟我们一起参加俳句社，住得离三笠先生现在的公寓很近的江田先生跟我说我才知道的。昨天晚上，他听到救护车的警笛声从家门前呼啸而过，吓了一跳起来看看，就看到三笠先生被抬出来了，今天早上他就打电话跟我说。"

"那，是什么病呀？"

"这个嘛，江田先生好像也不知道这么多的样子。就只跟我说他被救护车载走了而已。江田在三笠搬到那边之前，几乎没有跟他讲过什么话，搬过去之后，说是平常也没有什么交集，所以江田才会说他就没管那么多了。"

桐子模模糊糊地努力回想起江田的脸。是一个每次在社团时间总是最早到，安安静静坐在最后面角落位子的老人。身形矮小、晒得很黑，给人一种老当益壮的感觉。俳句的部分倒是没什么印象。好像也不是会自己主动上前发表作品的类型。

在社团里,他和三笠或自己分别属于不同的小组,几乎没怎么说过话。不过,既然也不是什么敌对关系,至少碰到面还是会打招呼的,总觉得他那么说实在有点不近人情,但他也有他自己的理由吧。

实际上,虽然说来奇妙,但不管是哪一种社团都一样,女性参加者之间通常都比较会聊天,男性和女性如果合得来的话也会有像桐子她们和三笠这样变熟的情形,但是,男性和同性之间就意外地几乎不会交谈。通常,大家都是各自孤独地自处。像三笠那样会跟女性说话的人还好理解一点,但让人实在不知道他们到底为什么会来参加的那类人也不在少数。

江田会说"平常没什么交集",可能也跟这一点有某种程度上的关联。可能对他来说三笠就是那种"一天到晚在跟女人讲话的家伙"吧。

就在听着明子说话的那一瞬间里,桐子就想了这么大一圈。

"三笠先生,听说被送医的时候是自己一个人啊,那也就是说,那个新的太太……应该说同居的对象,她大概还没有回家吧。"

"关于那个……"

桐子找不到合适的字眼，一瞬间沉默了下来。

到底该跟明子说到什么程度呢，实在难以衡量。三笠之前是拜托她先不要说出去，可是现在状况都已经这样了……再说桐子明明没能为他做什么，却在替他操这样的心。

"其实，我被三笠下了封口令……"

不小心就说出了这种听起来像是借口的话。

"那位女士，其实应该已经很久都没回去了，听说还根本找不到人。"

桐子把自己去康复中心调查来的事情、关于钱的事情都简略地说了一遍。

"原来发生了那种事情，真是辛苦他了，一桥你也辛苦了。"

还好明子并没有继续往下问更多。

"遇上了那种事的话，究竟该怎么办才好呢。"

"说得是啊。"

两个人都沉默了一阵子。

"不然再观望一下……等之后如果知道他在哪儿住院的话，我们再去探望他吧。"

明子这么提议道。

桐子心里非常清楚那样才是合乎情理的，而且也是十分体贴的行动。可是，桐子觉得自己毕竟和这件事有关。而且，就在出事之前才刚去找过他。

"我这边……会先自己调查一下的。看他是住在哪家医院、病情怎么样，然后去拜访一下江田先生或是去公寓那边看看……毕竟有点担心，之前也受了他诸多照顾。"

"那如果你有什么消息的话，也跟我说一下好吗?"

"当然没问题。"

她们讨论完之后，桐子便带着一盒点心去江田家里拜访，并且向他请教了更详细的状况。

他家在三笠的公寓斜对面，有着一个宽敞的庭院，是一栋传统的木造日式建筑。被木制的围篱包围了一整圈的家看起来相当的气派。还好从车站前的点心店买了礼盒带过去，桐子抚着胸口庆幸。

"啊，三笠先生啊，听说好像是附近邻居注意到他报纸堆了好几天都没拿吧，就去跟房东说了，进去一看发现人已经倒在地上了。唉，还好还有呼吸。"

来到玄关应门的是江田本人。屋子的深处感觉也没有人的气息。江田穿着像是运动服的衣服，外面加了一件传统的日式背心。单纯是这样的话，看起来就是个平凡无奇的普通老年男性在自己家的穿着,没什么好说的,但是,他白色的袜子上面破了个洞。桐子并不想去看他干裂的大拇指指尖和指甲,但在谈话间还是被迫一直看着。

"您知道得很清楚嘛。我之前听明子说江田先生您并不是很清楚呢。"

"后来那栋公寓的房东鸟饲先生来跟我们稍微说了一下。毕竟惊扰到大家了。"

"他是什么样的症状呢?"

"好像不是什么特别严重的病,就是稍微有点高血压,然后加上感冒,还有点脱水之类的吧。现在好像在县立医院里做进一步检查。"

江田没有邀请桐子进到屋内,两个人就坐在玄关处说话。也没有泡茶招待,从这一点看来果然是一个人独居的样子。

桐子也就和他一起坐在玄关。

"在县立医院啊。"

几年前,之前在县内别的地方的这家医院,迁移到了桐子和知子一起住的独栋房子再过去一个公车站的地点。

桐子稍微致意,拿出记事本记了下来。

"那位房东也是认识的人吗?"

"嗯。那栋公寓不是分售的，本来就是盖来出租用的。鸟饲先生他大概到十年前为止都住在那边吧。本来不论是大小还是屋龄都是跟我家差不多一样的房子，他把它改建成了公寓，现在是和儿子媳妇一起住在车站前的别间公寓里。"

"那他都自己打理吗？还是拜托哪里的房产公司帮忙或是找物业管理呢？"

"大概是那个吧，就是车站前的那家。"

他说出了桐子之前也去委托过的，相田任职的那家房产公司的名字。

"这一带全部都是找那边处理的。"

"这样啊。我之前也拜托过他们。"

"我之前就觉得他那样一定会出事的。都已经搬到这种近在眼前的地方来了，竟然连一声招呼也没过来打一下，整天就知道跟在女人后面转。"

桐子含糊地笑了笑听过去。

"有一次，在路上碰巧遇到的时候，他跟我说：这是我太太薰子。可是救护车来的时候不是没看到人吗？他们那到底算是什么关系啊。"

"哎呀，就是说呀。"

桐子实在什么也说不出口，只能岔开话题。

"那江田先生您从以前就跟鸟饲先生很熟了是吗?"

"毕竟是邻居嘛。不过,之前那栋公寓还在盖的时候,住附近的人倒是都觉得盖成那样也太花哨了,明明盖得更简洁利落一点不是很好吗?鸟饲先生不是什么坏人,但是他们家媳妇,怎么说,就是个比较虚荣的女人啦。我家老太婆还活着的时候,还嫌弃说:盖成那样看起来根本就像是那种奇怪的宾馆嘛。"

这附近一带可以说是东京的近郊,人与人之间的关系有时候算是有点冷漠。不过,从以前就住在这边的人们对彼此的事情还是蛮关心的样子。

"您的太太,已经过世了吗。"

"嗯,两年前突然走的。"

"您请节哀。抱歉,我先前都不知道……"

桐子这时想起,说起来,他加入俳句社也正好是那时候的事。

"没有拖到需要看护的程度,就那样突然走了也是很好的,但是被留下来的人可就有得受啰。"

虽然装出一个潇洒的笑容,但看得出当中浮现出的寂寞。

"您说得是。"

"你也是一样吧，那个之前都跟你一起来的朋友也走了……"

"您是说宫崎知子吧。"

"对，你也不容易啊。"

被人这么说上一句，沉寂的空气流动了起来。

"是啊。"

"她还是个美女呢。"

咦，桐子不禁重新看了看他的脸。从知子过世了之后，就没听过有异性这样说了。

"不是啦，她个子瘦瘦高高，又很开朗，觉得好像是油菜花一样亮眼的人。"

油菜花……桐子觉得这是很棒的赞美。那样说着的江田低着头，有点害羞。

"谢谢您这么说。知子如果还活着的话一定也会很开心的。"

桐子的目光又飞回到袜子上的破洞。要是住在附近的话就可以帮他补一补或者是带双新的袜子来当作谢礼送给他了……桐子发现自己在听他说完话之后，跟之前用了完全不同的眼光在看待这件事。

三笠先生……虽然想开口叫他，但还是把那口气吞了回去。

横躺在床上的三笠正闭着眼睛，睡得很熟。

桐子靠近他坐了下来，望着那张睡脸看了好一阵子。

老人的睡脸，桐子已经看得很习惯了。因为之前照顾过生病的知子。

虽然是这么说，但入院检查诊断出是"癌症"之后，她的儿子们就马上赶过来了，然后态度强硬地说："接下来的事情交给我们就好。"所以之后桐子能做的也就只是去探病而已。

——人老了之后，为什么连睡脸都会变得这么扁平呢。

桐子回想起三笠在不久之前把自己约到咖啡店，跟她介绍薰子那一天的事。

虽然那天的他有点面目可憎、太过亢奋，又轻浮下流，实在不忍直视。可是，到了今天回想起来就变成了很有精神、活蹦乱跳的样子。桐子甚至有点希望他可以再变回那个惹自己气恼的样子。

——我宁可你让我生气火大，也不要让我伤心难过啊。

不过，或许人老了也就是这么一回事吧。

将近一个小时过去，三笠翻个身，醒了过来。他有点茫然地看着桐子。

"三笠先生。"

她试着叫唤他，但他的眼神还是隔着一层纱。

"我是一桥桐子。你现在觉得怎么样了？"

"啊。谢谢你的关心。"

嘴巴张不太开的样子，他发出了很小的声音。而且也只是反射性地回答而已，感觉似乎并没有明白说话人的意思。

"三笠先生，你认得我是谁吗？就是跟你一起去过俳句社团的一桥啊。两个礼拜前去你家拜访过。我还跟你说了薰子小姐的事情，你还记得吗？"

三笠只是茫然地看着她。

"薰子在那之后，还是没有跟你联络吗？"

他左右摇了摇头。看来是没有，应该是这个意思。

尽管只是这样，看他至少还有一点点反应，就让桐子稍微安心了一点。

"有没有跟冲绳的儿子联络过呢？"

还是一样，只是用茫然地眼神看向说话的人。

桐子无可奈何，不禁深深地叹了一口气。

似乎是被他注意到了。三笠拖着嗓音说道："不好意思啊。"

桐子忍不住笑了出来。

不好意思，这么说到底是什么意思呢。害你叹气真不好意思，是吗？还是说，只是对于现在的情况觉得需要说句不好意思而已呢？

"没关系。我会再跟护士小姐问一下情况的。"

不对，现在应该要叫人家护理师才可以吧，桐子自言自语地来到走廊上。但是，到了护理站表明想要知道一下三笠先生的情况之后，对方却坚持不是亲人就没有办法说明。只得到了一个消息，就是从以前就负责三笠的个案管理师和医院的社工已经在针对今后的事情做一些讨论了。

之后，桐子联络了明子和她说明了情况，这次两个人一起来探望三笠。

三笠还是跟之前一样，没什么精神，对于桐子或明子也只是用"谢谢"或是"是啊"之类极少的词语来回应，没办法确定他究竟认不认得出她们。

桐子和明子一起去向护理站打声招呼，甚至还自我介绍说：是从"俳句社"来的朋友。在明子递上哈根达斯冰淇淋礼盒的时候，对方虽然一边说着"您不需要做这种事情的"，但还是收下了。

"最近的护理师明明都不太收礼物了不是吗。"

回到病房,桐子有感而发。

"哈根达斯就另当别论啦。一般他们都会收下的。"

明子笑着挤了个眼。

"因为很好吃,而且可以直接站在原地吃完。如果不收的话还会融掉,所以他们也不得不收下。"

"哎呀,你好内行哦。"

"我之前照顾过我婆婆啦。"

聊着这种话题的时候,医院的社工过来了。不确定是不是哈根达斯起了效果,但应该是护理师请她过来的。

对方是一个大约四十岁过半的女性。把桐子她们叫到了走廊,小声地问她们,知不知道三笠他在冲绳的亲人的状况。桐子把自己知道的全都告诉了对方,她稍微想了想,也透露了一点目前的情况。

该做的检查已经都做过了一遍,目前没有查出什么特别严重的病症,所以已经可以出院了,但可能低烧的情形暂时还会持续,也有一点认知方面的状况,所以需要大家一起思考今后的对策。

"三笠先生他好像没有跟自己的个案管理师讲他搬到了现在住的地方。所以才会那么慢被发现。"

她只说到这里,没有更多了,但桐子推测:应该跟薰子的事也脱不了关系吧。目前需要个案管理师和社工,还有住在冲绳的亲人一起讨论,看是让他再回去那栋公寓,还是找一家赡养机构入住,这就是现在的情况。

"不过,冲绳那边的家人好像都很忙的样子。"

她虽然说得很模糊了,但一听就知道他们不太愿意出力。

桐子和明子一起搭公车回到车站前,但一路上聊不太起来。看着明子望着窗外发呆的侧脸,桐子心想,她一定是在担心自己晚年的事吧。

去探望过三笠之后,又过了两个星期。

桐子在工作的午休时间,看到清洁公司的人事部打过电话到自己的手机。

连忙把自己做的饭团塞进肚子里,才回拨了电话。

"请问是一桥桐子小姐吗?"

是一个以前从来没有听过的年轻女子的声音。

"是的我是。"

"还没有自我介绍真不好意思,我是总公司指派的人,我叫堺屋贵子。这边是第一次跟您联系。那么接下来跟您说明，打这通电话是要麻烦一桥小姐下个月进行一下自行离职。"

她一口气说到这里，便不再说话。

实在是太过突然，而且不管是敬语、礼貌用语、连接的语法都用得乱七八糟，但是，要传达的事情倒也是很明确地连番说了出来，桐子吃惊得无法呼吸。

长长的沉默，持续了好一阵子。

看样子对方是不会再说出任何话了，因此桐子只能无可奈何地挤出话来。

"请问这是要我自请离职吗？现在这个工作……你的意思是说我必须得辞掉现在这个打扫的工作是吗？"

"是的。"

堺屋只回了这么一句，便又不再讲话了。好像一副和桐子多浪费半句必要之外的言词都舍不得的样子。

"那个……请问为什么非得要我辞职呢？"

"一桥小姐，下个月您就要满七十七岁了对吧？"

没错。完全没见过也不认识的这个女人这么一说才第一次发现这件事。最近实在是发生太多事了，所以根本没想起来，下个月四月二十二就是桐子的生日。

"是的，四月二十二是我生日。"

"祝您生日快乐!"

自己的生日根本没有人会记得,没有人会为自己庆祝,正带着自嘲想着这种事的时候,突然被说了这么一句,整个脑袋只有更混乱而已。

刚刚才说了希望自请离职的事,现在又说生日快乐,实在不知道她在想什么。一定是没有经过什么思考,反射性地说出来而已吧。以她的年纪来说,只要是过生日就一定是可喜可贺的吧。

"一桥小姐过往的工作记录还有派遣处回报给我们的评价都很好,因此就算这么高龄也还是让您继续工作,这些我都有听说。只是,从今年四月开始,公司即将要被并购了。"

叫堺屋的女人说到这里停顿了一下。

"您听得懂吗?合并的并,收购的购。"

"嗯,稍微可以理解吧。"

虽然是这样回答,但桐子毕竟也在公司上过班,所以这种事情她还是懂的。到底为什么年轻人总是认为,高龄女性就没有在公司上过班,甚至毫无知识呢?先不想这件事,意思是说至今为止服务的公司就要消失了是吗?

"然后,届龄退休的,嗯……一桥小姐您算是兼职,所以严格来说可能跟退休又有点不太一样,但是总之,被并购之后届龄退休的标准也会变得比较严格。而且现在经济又不景气，从四月起有一些合作的地点不准备继续跟清洁公司续约，所以工作量也就相对减少了。所以，我们这边是希望一律都请七十五岁以上的人辞职，这部分是已经确定了的。"

"可是……"

派遣合作的地点变少，这是清洁公司那边自己要去面对的问题吧。

"一桥小姐，您是这家公司里年纪最大的兼职人员之一。"

贵子说道，似乎想表示这就是最主要的原因了。

"我可以跟社长谈一谈吗？"

"前任社长的话，也已经离职了。"

"怎么会……"

"那么，详细的相关说明我们会再通过书面的方式寄给您，再麻烦您签章之后帮我们寄回来。"

"那，之后就麻烦您了。"桐子一口气都还没顺过来，对方就已经冷淡地道了别，挂上了电话。

愿意听桐子说话的只有一个人。

用LINE传了一句"我好像被要求辞掉工作了"，接着雪菜一放学，就马上跑到家里来了。桐子把被要求离职的事情、三笠的事情全都说了出来。

"那个书面文件如果寄来的话，要让我看一下哦。"

"嗯。不过，其实也没办法啦。都已经这个岁数了。而且她都说了，就连之前对我很好的社长也辞职了。"

雪菜听着桐子说话的同时，也一边在手机上搜索着什么。

"兼职资遣……就算是兼职，突然叫你辞职的话好像也是违法的。小桐婆婆，你有跟公司签什么合同吗？"

"合同？"

"就是你之前找到这个兼职的时候，写过什么合同书那类的东西吗？"

"你这么一问……"

桐子瞪着空气思考，却怎么也回想不起来。当初只是被夹报里大大打着"欢迎无工作经验者！六十岁以上也可！"的广告单吸引了目光，便打电话到上面的事务所。然后就直接被叫去位于池袋的事务所交了履历，还由社长亲自面试。"一桥小姐，你之前是个认真的上班族啊。像你这种人都很有责任感，我很满意。好，你录取了！"对方这么说，砰地拍了一下桐子的背。她实在很开心。接着，对方还直接手把手地、亲自向她传授清洁工作的专业知识……虽然是家小公司，但是很友善的工作环境。

那个时候，到底有没有写过合同书呢……完全没有印象。

泪水重新涌了上来。

"我真是太没用了。竟然连这种事情都回想不起来。唉，真的，已经是一个没用的老太婆了吧。"

桐子把脸埋进以前知子为她绣缝的手帕里。

"不是的、不是的。我也真是的，抱歉问你这么奇怪的事情。"

雪菜轻抚着桐子的背，念出手机上的信息。

"不论有没有合同书，只要是突然要求你辞职的话，好像都算是违法的。"

"真的吗？"

"说是至少需在辞退的一个月之前通知，不然就要负担一个月的资遣费。"

这并不适用桐子的情况。离她的生日确实还超过一个月，算到四月底的话则是一个半月前。公司在法律上的部分是一点问题也没有。连告也没有办法告。

不过，桐子把又快要滴出来的眼泪硬生生吞了回去。对于专程帮她查数据的雪菜，她实在感到很过意不去。

即便如此，雪菜一看到桐子的表情还是马上就看穿了她的心思。雪菜默默地关掉手机，搂住桐子的肩膀。

"哭出来没关系的。"

"……我接下来到底该怎么活下去才好。"

"没事的、没事的，会有办法的。"

雪菜小声地安抚，一边摩挲着桐子的肩头。就像是在哄小孩子那样。

"……小桐婆婆，之前的事情，你还有在考虑吗？"

雪菜等了一会儿，桐子冷静下来之后，她这么问道。

"之前的事情？"

"就是进监狱的事情。"

"当然有。"

桐子叹了一口气。

"我甚至都觉得已经没有别条路可走了。可是，真的会有不会造成任何人困扰就可以进监狱的方法吗？"

对于这个问题，雪菜也答不上来。

"真的要被关很久很久，被关到死的话，是不是真的就只剩下绑架啊杀人这种的啊。"

"那不然……绑架，要不要？"

"啊?"

"小桐婆婆,要不要来绑架?绑架我。"

"绑架你?"

话中的含义一点一点地渗进桐子的脑袋中,桐子回到眼前的现实。

她直直盯着雪菜的脸,像是要把她逼退一样。而她却缓慢但确定地点了点头。

"我爸妈是相亲结婚的。"

雪菜嘴里塞满桐子做的蒸馒头,像讲故事般地说着。馒头从红豆馅到外皮,全都是桐子亲手做的。她究竟在这里吃过多少次像这样的小点心了呢?

"相亲……那有什么关系,我这个年代,恋爱结婚的人才少呢。"

"我没有觉得相亲不好啦。就算是相亲结婚,也有很多人组成了很美满的家庭,也有很多人成为很棒的夫妻,这我也是知道的。可是我家就不是那样的。"

"为什么这么说呢?"

桐子从厨房拿了苹果过来,边削着皮边问道。虽然没了兼职、从今以后也突然没了收入,这些问题一个也还没有解决,但很神奇的是,女人这种生物一旦聊起结婚或是家庭这类杂七杂八的事情,就很容易转移注意力。

"我爸是制造大厂的工程师,我妈是广告代理商的管理层。两个人都超级无敌忙。他们勉强也算是泡沫经济时期的人吧。两边都是通过朋友介绍去相亲的。当时,我妈已经超过三十,很急着结婚,应该说,可能是很急着生小孩吧。怕再不生就生不出来了。还有,一方面也是想,如果不生个小孩,自己在职场上也很难继续往上爬。"

"嗯嗯。"

"很自私吧。我是为了我妈的职业生涯成长才被生下来的。"

桐子不回答,只是苦笑了一下。

"然后,她遇见三十岁过半的我爸的时候,就好像开窍了一样。觉得就是这个人了。"

"啊,我知道,就是心里'哔哔哔!'的那样吗?就是一见钟情吧。"

"不是不是,才不是那么浪漫的故事呢。我妈在见过我爸的隔天,就马上打电话到他上班的地方,问他吃过饭了吗,直接约他出去了。因为那时候还不是大家都有移动电话的时代。然后,一见面就突然开口跟人家说:要不要跟我共组家庭?"

这不是一段佳话吗？桐子很想这么说，但看雪菜一脸就是又要说"才没有那么浪漫"的样子，便没有开口。

"我妈的说法是这么一回事：她说自己至今为止也谈过不少恋爱，可是，就是都走不到结婚。她也有工作能力，书也读得不错，也有朋友，所以就想自己是不是不擅长恋爱。但是又想要成家，也想要小孩。她觉得，就算谈恋爱没办法很顺利，但她有信心可以建立一个很好的家庭。毕竟自己会煮饭也会做家事。"

"很了不起呀。"

"实际上，好像有去一些什么料理教室。可能她就是没办法好好谈那种真—的一头栽进去、交往个好几年然后顺利结婚的恋爱吧，所以就想直接跳过，干脆抱着冷静的心态结婚好了，差不多是这样。"

"这样子啊。"

这样子啊，或许结婚也真的是有这种形式的。桐子打从心底感慨，于是吐出了像是叹息一般的回应。

"我爸当时吓了一跳，不过听我妈讲着讲着就觉得好像这样也不错。我爸也是理智派的人，所以对于这种交际，尤其是跟女生的交往实在是不在行，听说只有大学的时候交过一个女朋友，后来出了社会就跟那个人分手，在那之后好像就再也没交过了。"

"雪菜你对父母的这些事情，知道得很清楚呢。"

"我妈跟我说的。从我十岁那时候她就开始教我一些关于生理期的事情，还有跟男人之间的事情，也就顺便说了这些。应该是想让我知道还有这种思考模式吧。"

这次，桐子没办法再简单说一句"这样子啊"。她实在想不太明白，像这样一清二楚地把父母的过去都告诉孩子，到底是不是一件好事呢？

"虽然我爸也是同一套说辞，但是我自己觉得，我妈她应该是一直在找可以认同她这种做法的人吧。两个人见几次面，然后把关于家庭、金钱观念、工作或是家事分配之类的各种事情都讨论过，直到双方都有共识，然后才结婚，再然后生下了我。"

"你想得应该没有错。不过实在是蛮奇怪的，或者说蛮妙的吧，确实也是有这种想法的人在呢，毕竟两个人工作都很忙嘛，不过雪菜你可就辛苦了。"

桐子把削好皮的苹果切成八块，放到盘子上，推到雪菜面前。她只稍微点了个头，也没有道谢便拿了起来，用她漂亮的牙齿大口大口地咀嚼着。那个模样，仿佛要把自己的父母亲给咬碎一样。

"没有哦,小桐婆婆,人类是没有办法每件事都照自己计划来的。"

雪菜用冰冷的声音说道,桐子听起来,竟有一种正在跟比自己老成很多的人对峙着的感觉。

"自己的家庭和其他的家庭不太一样这点,从更小的时候我就已经感觉到了。因为自己的父母一直都太冷静,总觉得有种冷漠的感觉。后来听妈妈那么说,当时也就想,应该就是因为那样吧。但并不是,实际上才不只如此。上了初中之后,我就开始偷听爸妈吵架的内容,听着听着,终于渐渐明白了真正的原因。"

"是怎么回事?"

"我妈是跟我爸说过她以前的恋爱经验很丰富,但实际上可不是那么简单就能一笔带过的事。听说她从二十几岁的时候,就开始跟超——有名的摄影师搞婚外情。对方可是有妻小的人。好像分分合合了超多次,一直藕断丝连,反正搞得不清不楚的,后来好像是为了心态上想要做个了断才结婚的。"

桐子又一次没办法回应了。不论是对她母亲说出批评的意见,还是表达赞同的言论,桐子觉得,对雪菜来说应该都会造成伤害。

"所以就找个人闪婚吧,应该可以这么说。到她结婚、生下我之前,他们的关系好像已经结束了,但是到我差不多上小学的时候,那个男的似乎又开始时不时地跑来找我妈。我妈一开始应该是没理他,但是那个男的又是写信、又是打电话的,最后还是被我爸发现了。"

桐子不禁叹了一口气。心想雪菜和她的家庭还真不幸。

"我爸听信了我妈的说法,还以为彼此是命运共同体才结的婚,当然会觉得被背叛吧。然后我妈她的立场是,我已经跟你说过我之前谈过一些恋爱了,为什么你现在还要来跟我追究这个呢,然后两个人就吵架了。我还只是一个小学生的时候,家里的状况就一直这么可怕了,什么家庭旅行当然是一次也没有,两个人根本都几乎不在家;两边都会跟我说话,但是他们完全不会跟对方说话。"

"那真是不好过。"

"我很小的时候还以为一般都是这个样子的呢。不过,只要去朋友家玩就会发现了,我家根本不正常。"

"真的这么糟糕吗。"

"不知不觉间连我爸也开始外遇了。对象是他公司的下属,一个很崇拜我爸的女人。结果最后,我妈好像又跑回去跟那个摄影师在一起。他们两个说，等我二十岁就要去办离婚，他们就只有这点很高兴地想法一致。"

雪菜又大口大口地咬碎苹果。接着小声喃喃道：还有三年。

"所以我说，小桐婆婆，你就绑架我嘛。你就绑架我，我想要直接坏了那对父母的好事。"

"我怎么可以……"

"又没关系。我想让那两个人知道我心里的想法。想问问他们是不是没有我也没差别。最重要的是，他们到底爱不爱我。我想知道我回家的时候，他们究竟会是什么表情。"

爱，是何等危险的一个字眼啊，桐子心想。

"我想知道，一方面也想让他们知道。如果顺利执行的话小桐婆婆就能进监狱，那我也能让我爸妈知道我的想法。这不是一举两得嘛。"

"可是，那要怎么……"

"很简单。就跟平常一样就行了。我就来你这里，然后随便抓个时间打电话回家，你就说你女儿被我绑架了，拿钱来赎她，这样。可以用一些变声器啊什么的。啊，不然就打字，然后用手机的朗读功能念出来好了。再传一张把我绑起来的照片之类的，但其实我们都一直待在这儿。隔天叫他们准备好赎金，小桐婆婆你直接过去拿就好了。这样的话，肯定会被逮捕。而且被绑起来的我真的在你这里，那就是绑架的现行犯了。"

"有办法这么顺利吗？"

"可以啦，可以可以。而且反正，不管是绑架还是勒索，都不一定要成功啊。就算失败了也没关系。"

"可是，真的有人会觉得我有办法把雪菜你绑起来吗？应该会觉得不太对劲吧。"

"嗯……"

雪菜稍微想了一下。

"那就用安眠药吧。小桐婆婆去拿赎金之前，我就吃过量一点点的安眠药好了。我妈有在找医生开安眠药所以她那边有，我再带过来。然后，我就说我醒来的时候就已经被绑起来了。"

好像开始觉得可以顺利执行了。

雪菜动作迅速地开始搜索。

"……对未成年人进行劫持或诱拐绑架者处三个月以上、七年以下有期徒刑。"

"意外地短呢。"

"不过，重点好像是犯人的目的。如果是以要求赎金为目的,可处无期徒刑或三年以上有期徒刑。"

"无期徒刑!"

真是至今为止都还没碰过的、最长的刑期了。桐子颤抖了起来。

实行日,定在月底的星期六。

实行的前一天,父母双方似乎不约而同地都要跟外遇对象去旅行。

"我礼拜五就先来住小桐婆婆这儿。然后,隔天,等他们回家,才会疑惑我为什么不在家,就在这时候打电话过去怎么样?"

"应该……"

"不对,不要打电话好了,直接传真到我家呢?"

"可是我家没有传真机……"

"从便利商店传真呀。让超市的监视器拍到小桐婆婆,就可以作为小桐婆婆是犯人的证据了吧。"

一起计划犯罪细节,实在还蛮开心的。

自从想出绑架的计划之后,雪菜几乎每天都会到桐子家来。

"从我们开始想这件事之后,我觉得我整个人变得对人生充满了干劲。"

雪菜笑道。

"反而还变得更能跟父母好好相处了呢。我突然变乖，连他们也吓了一跳的样子。"

"雪菜你明明一直以来也都很乖啊，不是吗？"

"没有，在家里才不是这样。不管爸妈跟我说什么，我几乎都是连理都不理，甚至只要是他们讲的话我一定都会唱反调。"

"这样啊。"

哈哈哈哈，桐子大声地笑了出来。

"好像小孩子。"

"我本来就是小孩子嘛。"

雪菜嘟起嘴说道。

"抱歉啊，抱歉。是没错、没错。"

桐子连忙道歉。

"我的意思是，雪菜你明明就很成熟稳重，是个好孩子，还肯听我说话，真的很懂事。"

"其实我对我爸妈超级叛逆的。可是，前几天，吃晚餐的时候我妈问我说：'雪菜，你将来想要做什么呢？'，结果我一不小心就说：'想当国际律师吧。'我爸妈直接沉默了。"

"哎唷。"

"我心想怎么回事，才想到之前，每一次他们问我那种事的时候我根本都不会好好回答。我之前好像是……要不就是不讲话直接走人，要不就是说些'少啰嗦啦''管我那么多哦'之类的。我妈夸张到直接泛泪。"

我只是回答而已，竟然就开心成那样，雪菜自言自语道。

"开始跟小桐婆婆聊起这些之后，我就觉得犯罪啊刑法什么的好像还蛮有趣的。而且如果当国际律师的话，就可以理直气壮地去国外了对吧。"

"雪菜你的父母，他们绝对不是不喜欢你呀。他们是担心你。"

"是吗？"

"……雪菜，我们也可以现在收手哦。"

桐子默默说着。

"我说绑架的事，你可以再想想没关系哦。"

"不用。我的恨又不会因为这种事情就消失不见。那是从我出生以来就一直累积至今的，无论如何，因为那种原因就把我生下来，光这点我就无法原谅了。"

"你都这么说了，那好吧。"

"倒是小桐婆婆你……可以吗？确定哦？"

"我已经没有什么好失去的了。"

桐子毫不犹豫地说道。

从上次的电话之后，虽然桐子还是每天去上班，但只要一想到接下来不得不离职，工作就突然变得枯燥乏味。

三笠从医院暂时搬到了赡养机构里。似乎是暂时先安置过去，再继续想下一步该怎么办。冲绳的儿子不肯帮忙，让大家都很烦恼。

自己老了之后，可不想像那样被当成皮球踢来踢去。所以说，还是进监狱比较好。

三笠现在的惨状，让桐子的想法更加坚定了。

就连那份随时都得离职的工作，只要想到还有绑架计划，也觉得勉强做得下去了。

当天一放学，雪菜就直接来到桐子家。桐子也已经做好晚餐等着她来。

——该不会，这将会变成我在俗世里做的最后的晚餐吧。

心里在意的就只有这点事情，心情意外地既不激动，也不紧张。

仔细想了想小朋友会喜欢些什么，最后，桐子做了汉堡肉。

"我已经超——久没有吃到在家里认真做的这种汉堡肉了！"

雪菜看着菜单，觉得很开心。

"是吗？不知道我做的会不会好吃。都是照自己的方法乱做而已。"

就是把绞肉加上碎洋葱随便炒一炒，再把面包泡过牛奶，然后再加些鸡蛋，全部混一混揉成一团之后拿去煎而已。

"不不，超好吃的。我家平常都是从不知道哪里的知名餐厅买现成的回来。"

"哎呀呀。"

被她这么一说，反而更担心自己做的口味了。不过，雪菜倒是边说着好好吃、好好吃一边吃了个精光。

恐吓信的内容，两个人已经一起好好推敲过了。

雪菜小姐在我手上。如果希望她平安回家的话，今天下午四点，请把三千万日元装在伊势丹百货的纸袋里，放在中央公园的长椅上。

接着，把刚刚拍下的、手被绑在后面的雪菜的照片弄成档案，由桐子去便利商店的复印机印出来。她们决定明天也在同一家便利商店发送传真。

"小桐婆婆。"

"怎么了？"

那天晚上，雪菜睡在桐子的棉被里，桐子则是把被炉的被子抽起来睡。因为相较之下桐子的个子小了很多，她坚持这样安排。

"我一定会去监狱里看你的！"

"不行，你来的话，不就会被人家发现我们两个是共犯了吗？"

"没关系的啦，一年之后，就没人会记得了。我就差不多那时候去。"

"嗯。"

"反正我一定会去的。就算一阵子没看到我，你也不可以忘记我哦。我绝对绝对会去看你的，你要等我哦，不可以放弃。我们永远都是好朋友哦。"

桐子眼中盈满的泪水，缓缓地滑下，流到了耳际。

"那就再见啰，晚安。"

桐子没有回答，于是雪菜自己说完便进入了梦乡。

其实桐子根本就睡不着。她抱着一种不知道自己是该担心还是该放心的心情，整晚盯着天花板。

这一天，比想象中还要平淡无奇地到来了。

原本想，反正雪菜说父母都中午过后才会到家，所以预计要睡晚一点，结果两个人都在六点左右就醒来了。

早餐吃到一半，雪菜把手机电源关掉。

"唉，虽然说，那两个人搞不好连我不见都不会发现，但就保险起见。"

雪菜说道，一边津津有味地吃着桐子做的早餐：白米饭、味噌汤，还有米糠味噌腌制的竹荚鱼。

"雪菜。"

桐子放下筷子，再一次对雪菜问道："这样做，真的没问题吗？"

"当然没问题。反正，我也没有什么好失去的了。"

桐子之前也说过一样的话。

然后，她用筷子夹起了腌渍小黄瓜。

"可是，之后再也吃不到这种腌菜倒是很难过。"

"说什么傻话。"

桐子忍不住笑了出来。

"我认真的。"

"那不然，我把腌菜的米糠腌料放在这栋公寓后面，事件结束之后你再过来拿好了？现在才刚春天，放个两三天应该没关系的。"

"这样好！"

看来雪菜似乎是认真的，她把桐子的米糠腌料细心严密地用塑料袋一层一层包好，两人一起藏到公寓后面。回到屋内之后，她问道："倒是小桐婆婆，你没关系吗？"

桐子也回答道："那当然。"

"我才是，没有任何东西好失去了。"

到了中午，桐子换上洋装，前往便利商店。她穿的正是和知子去酒店餐厅时穿的衣着。这种时候，就算穿上自己唯一的一身好衣服也没什么意思，尽管如此，最后还是选了那套衣服。

传真的发送方法，在定了这个计划之后就和雪菜一起在别的超市练习过了，这部分并不难，但要按下"启动"按钮的那个瞬间果然还是犹豫了。

从便利商店回家后，就连跟雪菜说话也不知道该说什么好，于是只好在被炉里发呆消磨时间。明明是正在绑架中的情况，然而时间却静静流逝。

"糟了，我突然想起来，我有一通非打不可的电话，是很重要的事。我出去一下！"

"啊？那你要用我的手机打吗？"

"不用。没关系。我一秒就可以解决了。"

雪菜说道，拿着自己的手机走到玄关。

"雪菜，还好吗？"

桐子有点不安，不禁问道。雪菜回过头来，笑着回答："没事没事。"

"我马上就回来，小桐婆婆你在这里等一下哦。"

"嗯。"

"到我回来之前，不可以从家里跑出去哦！"

然后，揽过桐子的肩膀说了一句："千万别忘了我说的哦。"就跑出去了。

于是桐子又回到了被炉里，等待雪菜回来。

虽然刚才说马上就会回来了，但过了十分钟、二十分钟，雪菜却始终没有回来。

"一桥小姐！一桥桐子小姐！"

突然传来一阵很大的声音，就好像在耳边呼喊似的，桐子吓得醒了过来。

这时桐子才发现，由于昨晚的睡眠不足，这时她似乎不小心熟睡了。周围已经变成一片漆黑。

现在，到底几点了呢，我刚刚在做什么？

一瞬间，就连自己人在哪里都不太清楚，看了看时钟，才发现已经过了六点。

咚、咚、咚。

公寓的木制房门被用力地敲着。

"一桥小姐！一桥小姐，你在家吗?!"

"我在……"

桐子不由得发出迟钝的声音。

慌慌张张地开了门，看见两个身材高大的男人站在门口。

"你是一桥桐子小姐对吧？"

"……是。"

开口回答的此刻，现实才啪的一声回到眼前。

这两个人铁定是警察。

我和雪菜一起制定了绑架计划。可是现在，雪菜跑到哪里去了呢？

仿佛看穿了桐子心里在想的事情，对方说道："我们是警察。"

他只说了这么一句，并没有像电影里面一样把警察证拿出来让她看。

"你认识榎本雪菜小姐吧?"

"……认识。"

桐子尽管犹豫,还是说了真话,对方则是两人面面相觑。

"她说她昨天都待在这里,是真的吗?"

桐子不知道现在该怎么回答才好。

"是雪菜小姐自己这么说的。"

"……雪菜她有说什么其他的吗?"

"她全都跟我们说了。"

桐子不禁低下头来,叹了一口气。虽然知道这个样子在对方眼中看起来一定会显得非常可疑,但她实在忍不住。

"在这里不方便继续说,可以跟我们回一趟警局吗?"

两人比起自己想象中的还要沉稳许多。

他们等桐子找出平常在用的手提包,甚至还协助她穿上大衣,然后一起上了警车。

那时候,桐子才注意到,公寓的居民和附近的邻居,全都跑了出来,从远处看着桐子和警察一行人。

还好他们并没有打开警笛,警车就这样从公寓开走了。

被警察问着所有事情的过程中,桐子也终于看清了事情的全貌。

说要去打个电话便跑出去的雪菜,其实用她的双脚跑回了家里,听说就对着等在家里的警察和双亲坦白了一切,然后道歉说:"全部都是我自己惹出来的事。我只是想让各自外遇的父母亲吃上一点苦头。"

但是那个时候,警察已经查到了传真是从便利商店传的,也查到了拍到桐子的监视器画面。

警察让雪菜看了桐子的照片之后,她也没办法说出什么谎,就向警察说明了虽然有桐子帮忙这点是真的,但那也是被自己强烈要求、被自己单方面卷进来的。所以,警察就来到了桐子的公寓。

但在警察局,桐子一开始也因为不清楚状况而吞吞吐吐的,也强调一切的责任都在自己。不过,要面对警察的盘问也不是那么轻松的事。面对他们看似安静却执拗的质问,马上就破绽百出,差不多在日期即将跨过当晚的时候,她就已经把所有真实的情况都说出来了。

再怎么说,也不可能让雪菜为自己顶罪。

包括自己常常跟雪菜讨论想要吃牢饭的事情、尝试犯过各式各样的罪但是一直没能成功入狱的事情,还有接下来,雪菜突发奇想说要计划一场绑架戏码的事。但总归一句，错绝对不在雪菜。

两人的供词和目前发生的种种情况大致上都吻合。因此深夜时分，桐子只被扣留了手机，便被放回家了。大概雪菜那边也是一样的情况吧，从刑警说的话当中可以听出一些蛛丝马迹。

之后的几天，桐子又被警察叫去多问了几次情况，也做了笔录。

虽然是照实全盘托出了，但总之还是一个劲地说了好几次："雪菜她没有罪，全部都是我的错，请你们原谅她吧。"结果刑警只是简短地对她说："对方也是这么说呢。"害她那时直接哭了出来。

"要判我有罪也没关系。把我怎么样都没关系。我就是想要被判刑才做这种事的。"

"可是，那个女孩也在替你说话。一直说是她怂恿你这么做的。我说你啊，都一把年纪了还把那种女孩子拖下水！怎么能让她承担这种事情！"

老刑警只有那么一次声音激动地说着。

但由于事件在发现之后马上就解决了，况且两人都是初犯，被讯问的时候也都很老实，也都有在反省，考虑到这些因素，最后还是以不起诉作结。

　　事件处理完毕之后，便继续过着枯燥无味的日子。

　　被警察骂过了，雪菜的双亲也通过传话表达了："再也不准靠近我女儿！"

　　桐子也觉得这都是应该的。

　　她们被迫互相删除了对方的电话号码，还有通讯软件的ID。好像是因为对方的父母强烈要求。而只要是警察说的话，桐子都会乖乖照做，但她的手在发抖。

　　在那之后，她就再也没有和雪菜见面了。

　　桐子没有想到原来那是一件如此寂寞的事。

　　事件的后续影响一步步啃蚀着桐子的周遭。

　　既没有上新闻，也没有被判刑，但职场和房东都被警察进行了问话。

　　清洁公司那边，告知说希望桐子可以早点离职。

　　"你明天就可以不用来了。"

　　堺屋贵子一个字一个字，郑重其事地对她说。

　　"我们的工作是要去到对客人来说很重要的职场进行的，我们可没办法交给你这种会犯罪的人去做！"

　　"可是……"

虽然她会这么说也是理所当然，但自己最后的结局是不起诉，严格来说自己到底有没有到"犯罪"的地步都无法确定，桐子一想到这点就不小心插了她的话。

但她根本当作没有听到，挂断了电话。桐子完全失去了收入。

房屋中介相田也打了电话过来。

"真是的，吓了我一大跳，一桥大姐。"

出乎意料地，相田用十分悠闲的声音说着。

"警察还跑到我们公司来，问一桥大姐平时是怎么样的人，还叫我告诉他们房东跟租赁担保公司的信息。好像也有找他们询问这件事吧。"

"那真是给大家添了太多麻烦了……"

"然后担保公司他们那边，说想要解除一桥大姐这边的担保合同。"

"咦……"

"不好意思啊。可是，会发生这种事也是无可奈何的吧。"

"……那我，到底该怎么办。"

"接下来的话，就看房东怎么决定了。这下没了保证人，房东又会怎么说呢。"

"那位女士她怎么说？"

"我有问她，但她说现在正忙着赶截稿时间，要先想一想再跟我联络，她目前就只有这么说。"

她想起了房东是自由写手这件事。

"只是，一桥大姐……她也有可能会说希望你离开那个家。你得先做好心理准备。"

工作也没了、家也没了……桐子在那个瞬间，觉得自己好像理解了犯罪这种事情真正的涵义。

那就是会让自己的信用彻底破产。

买完东西回到家的时候，家门前站着一个年轻的女性。桐子吓得胸口都要痛了起来。她想会不会是房东过来找她了。

对方背对桐子，手上好像拿着一个纸袋。

桐子观望了一阵子，对方好像没有要走的样子，于是心一横，自己开口道："请问……"

"啊！不好意思！真是抱歉！"

她就如字面意思那样吓得跳了起来，一边叫道。

桐子虽然觉得，明明自己才该因为有别人出现在家门口而觉得很可怕才对……但她真的吓到叫得太大声，实在令人觉得荒谬,因此桐子不禁笑了出来。

"请问您是哪位呢。这里是我家。"

"突然来访,真的很抱歉。"

她深深地低下头道歉,并问:"请问是一桥桐子小姐吗?"

"是。我就是一桥。"

"我叫宫崎明日花。"

"啊。"

宫崎……那是知子的姓。看来是知子的亲人。

"你是知子的……?"

"是的。"

明日花看了看桐子的表情,点头道。

"宫崎知子是我的婆婆。"

"婆婆,也就是说……"

"我先生是知子小姐的儿子。"

"是大儿子的媳妇吗?"

"不是,是二儿子的老婆。"

"这样啊。不介意的话,要不要进来说?虽然是个小到不行的地方。"

虽然没有把房子弄得多漂亮,但幸好还在整理跟打扫,桐子心里想道。她可不想让知子的亲人觉得，她们以前住在一个像垃圾场一样的地方。

"这边请。"

桐子把她带到矮饭桌前。

"好的！"

对方是个朴素的女性，润泽的脸颊仿佛透着红光。她脱下春季大衣坐了下来。

照理说，她们应该在告别式上见到过才对。但那个时候，桐子被悲伤狠狠地打击了，而且有一大堆穿着黑色服装的女人们全都坐在亲人的位子上，所以根本分不出来谁是谁。

"喝日本茶可以吗？"

桐子急忙拿水壶烧水，一边问道。

"啊，您费心了。"

倒好了茶，桐子自己也在她的对面坐了下来。

"大家都还好吗？"

"是。大家都很好。"

"嗯，那就太好了。"

桐子在说话的过程中，开始有点不安起来。这位女性究竟是为了什么才来这里的呢？她是不是已经知道我惹出来的事件了呢?

"这个……"

明日花把放在自己身旁的纸袋向桐子递过来。

"这个是……我婆婆的……"

她并没有打开让桐子看里面的东西,只是继续说。

"是。"

"我们,啊,我是说我和大嫂……就是大儿子的太太奈穗美小姐,我们最近一起在整理婆婆的遗物。"

"啊。是这样呀。"

"就上次,我老公他们不是去你们两个人住的那边拿了很多东西走吗?"

桐子回想起那天的情况。他们两个人来到家里,像山贼一样把东西刨根掘底地卷走。

"最后那些东西全都搬到了我大哥家里。大哥他要继承老家那栋房子,所以他每个房间都可以用。那两个男的搬完就这样放在那里不管了,连看也没有再去看一眼。所以最后,就是我们两个女人去整理了。"

她好像不太高兴地说着。

明明知子的那些东西,不管是哪件,对桐子来说都是非常重要的纪念。对他们来说却不过是垃圾罢了。

"我跟大嫂两个人也有工作,所以也一直没时间整理,不过大嫂怀孕了,从上个月开始休产假。"

"哎呀,那真是恭喜了。"

"谢谢谢谢,所以我们终于有时间去整理了。我休息日的时候会去她们家帮忙整理,然后我大嫂就说,这些还是交还给桐子小姐比较好。"

此时,总算明白了纸袋里装的是什么。

"这些是桐子小姐写给婆婆的信。她全部都还收着。"

"啊,谢谢你。"

桐子看了一下纸袋里面,自己写的信被淡紫色的缎带绑成一捆。淡紫色……是知子最喜欢的颜色,同时,也是紫丁香花的颜色。

桐子不用看也知道内容。

开头是简单明了的季节问候语,接着就会直接开始写一些自己的近况或是读书心得。有时候也会穿插工作上或是照顾双亲的烦恼。

"她说,这个我们也没办法随便丢掉嘛。"

"这样啊。真抱歉让你专程跑这一趟。"

"然后,还有……"

明日花稍稍抬起眼看了过来。

"大嫂跟我两个人把遗物一样一样都看过了，可是，说实在的，我们也不知道怎么办。到底该怎么处理呢……首饰跟包总还可以找到它们的可用之处，可是洋装跟和服，我们拿来穿的话就有点……"

"也是啊，年纪完全不一样嘛。"

桐子点头同意，明日花探出身子，好像在说：没错没错。

"大哥跟我老公都只是随口说：你们拿去穿不就好了吗……可是您也懂的，就不是那么一回事。他们就说那不然，稍微整理一下拿去丢掉好了。后来，我们两个讨论了一下，就想着丢之前先拿给桐子小姐看看，如果有什么想要留下来的就可以留，就是这个样子。"

"咦？"

桐子忍不住用双手遮住嘴巴。

"真的假的？"

"嗯嗯。我们两个本来是想着要不先自己挑一挑再拿过来，可是我们又不知道该怎么挑，所以想问您愿不愿意来我们家自己挑选。"

"真的可以吗？"

实在是一个太让人开心的要求，让桐子有点不敢置信。

"嗯，看您这么高兴的样子，我们就是觉得应该要交给这样的人才对。"

"很高兴……我真的非常高兴，谢谢你们。"

桐子低下了头。

"不管是哪一件，小知……抱歉，知子小姐，我都叫她小知，总之我一直都想着要是能够看一看她的那些东西就好了，所以我真的觉得很感激。"

说着说着眼泪就冒了出来。就算想用指尖擦过去了事，但眼泪还是源源不绝地往下滴。

"真是不好意思。"

桐子停下来缓一缓，把放在衣柜上的纸巾盒拿过来，擦了擦眼泪又擤了擤鼻涕。明日花静静地等着桐子平复下来。

"不过，如果可以的话，工作日的时候再来我们会很感激的。就是大哥他们不在家的时候。"

"这个我没问题……"

桐子把用过的卫生纸揉在手心，歪着头问道："但是我有做过什么冒犯到你们家的事情吗？"

"不，我跟大嫂对桐子小姐当然是没有任何成见的，可是大哥跟我老公就……"

明日花稍微思考了一下用字遣词。

"他们好像对桐子小姐有比较复杂的想法吧。"

"什么意思?"

到底为什么会有这种事呢。

"关于这个,您可能去问问我大嫂会比较清楚。"

桐子想起了那天,来家里拿知子遗物的那两人。那时候总觉得他们似乎刻意表现得很冷淡,也许那不是自己的错觉。

"可是我们,我是说我跟我大嫂,我们真的非常感谢桐子小姐。我公公过世了之后,婆婆又该怎么办,要跟她一起住,还是让她自己一个人生活,还是要把她送去赡养机构……我们之前可担心了一阵子呢。"

明日花像个普通的年轻人,似乎是有什么话都会毫无掩饰地直接说出来的个性。

"我婆婆那时候,很干脆地决定要跟桐子小姐一起生活……我们也是松了一口气。虽然我婆婆人很好,可是如果要住在一起就一定要改变生活习惯嘛。我跟我大嫂,到现在感情都非常好,我们有时候也会聊到,能有现在这种情况,也多亏了桐子小姐。"

"这样子啊。"

桐子隐藏起自己复杂的心情,只是微微一笑。

最终章

杀人

桐子和宫崎明日花约在最靠近宫崎家老房子的车站见面。

"从这里过去蛮近的,我们用走的可以吧。"

是杉并区的某个车站。

"嗯嗯,当然。"

两人边走边聊着一些季节之类的话题,这时桐子渐渐想起以前,只来过知子的家里一次。

那是在这个家刚盖好的时候,跟一些朋友一起来祝贺新居落成。知子当时好像也是一样来车站接他们。那时知子难得非常开心的样子。但她那时候,并不知道之后会发生什么事……

结婚之后很长一段时间,他们都在郊外狭小的职工住宅勉强过日子，后来才在丈夫的父母家附近盖了新房子。她还说过这样就可以有孩子们的房间了。但是当然，那里并没有知子自己的房间。在当时，丈夫的书房和孩子们的房间都有，但没有主妇的房间是理所当然的事。

桐子想着这些事的时候，不一会儿就抵达了目的地。看桐子正沉浸在回忆中，明日花也没有开口打扰她。

"来，就是这边。"

明日花招手要她过去的那边，是一栋用水泥围墙围起来的日式房屋。她很熟练地打开铁门走了进去。看来她跟大嫂感情很好这件事是真的。

"这里都没变呢。"

桐子心里千头万绪，不禁脱口而出。

不只是住宅的外观，就连庭园里树木的样子、墙壁的颜色也都跟以前一样。总觉得好像知子会从里面出来说"欢迎啊"似的。

"欢迎您来。"

但说着这句话的人，是一个散发着成熟气息的年轻女性。

她是明日花的大嫂，也就是知子的长媳，宫崎奈穗美。

"谢谢你们今天找我过来。"

带着感谢的心情，桐子深深地鞠了个躬。

"不会不会，我们才不好意思，还让您专程过来这边。"

奈穗美穿着蓝色的连身长裙。可能是孕妇装的样子，但她的肚子还没大起来。

"听说你怀孕了，真是恭喜你呀。"

"谢谢。"

经过了起居室，正要坐下来之前，对方说："一桥小姐，不介意的话，您要不要给我婆婆上个香？"

"可以吗？"

佛坛就设在起居室隔壁的房间，知子的牌位大概是和丈夫的放在一起。

真是个年轻却善解人意的媳妇啊，桐子心里感慨着。另一方面，其实在她心里并没有感受到任何一点"知子就在这里"的感觉。当然，她并没有脱口说出这种话，只是点了香、合掌祭拜。

知子，我来看你了，是你的媳妇邀请我过来的哦。

桐子再次扪心自问，但是果然，我真的觉得知子并不在这里。

——如果她真的在这里的话，也就是说跟那个丈夫直到死后都还在一起。那样的话知子也太可怜了。

桐子想到这里，眼中又泛起泪光，她赶紧装作没事站了起来。

"谢谢你。"

"那么，请跟我来。"

桐子喝起对方准备的茶，稍微聊了一阵子。

就像明日花说的，两个人讨论的结果是：该让一桥小姐看一看。对方重新说明了这些事情。

聊完了之后，明日花说了声"那么我先告辞"就先回去了。她说下午还要回公司。

"是因为我的关系让你请了事假吗？"

"没有啦，我刚好还有年假。"

桐子在心中对知子说道：不提你先生的话，知子你的家庭很圆满呢。如果你还活着，可还有很多开心的事情等着你呢。还有，你没有跟这么好的媳妇住在一起，而是选择跟我一起住，真的谢谢你。

已经很久没有直接对着知子说话了。

明日花走了之后，奈穗美带着桐子来到二楼的房间。

大约四张榻榻米大的房间里，放着五个纸箱和三个纸袋。把知子的东西整理掉之后，一定会拿来当作小孩子的房间吧。

"这些就是我婆婆的东西。请随意打开来看看,如果有看到什么喜欢的就带走吧。啊,如果东西太多的话,也可以帮您寄到家里。"

"真的谢谢你做的这一切。"

"那我就再去泡个茶,您慢慢来。"

奈穗美离开了之后,桐子先打开了最靠近自己的纸箱。突然觉得,知子的味道暖乎乎地飘了出来。里面满满地装着知子的衣服。

"啊。"

银色的套装。就是桐子和知子一起去吃饭店的甜点自助时会穿的那一套。桐子不自觉地握紧手中那套衣服,一时之间动弹不得。太多的回忆爬到了她的身上。那些回忆比起看到牌位时,还要来得更强烈、更深刻。

"一桥小姐。"

已经上楼的奈穗美从后面呼唤她,她才回过神来。

"啊,真是抱歉。"

桐子连忙用手背擦了擦濡湿的脸庞。

"没关系的。"

奈穗美蹲坐到地上,把一个盆子放到身旁。

"一桥小姐跟我婆婆的感情真的很好呢。"

桐子在奈穗美的面前端坐了下来。

"是啊。"

桐子从包里拿出手帕,擦了擦脸。她想,就算被对方看出来自己哭了,那也是没办法的事吧。

"我们这样乱放,真对不起……"

"不会,没关系的。"

桐子喝着刚才重新泡好的茶,这时奈穗美说道:"我们……"

"嗯?"

"我们请您在我先生他们不在的时候来,总觉得,对您很失礼呢。"

"不会,别这么说。"

反正现在工作也没了,桐子有的是时间。

"我真的觉得很高兴,很感谢你们。"

她从没想过,自己真的有机会再看到知子的衣服。

"其实,对桐子小姐您,我先生他们好像有一些复杂的情绪。"

"……你说。"

"您知道的吧?我公公的事情。"

桐子默默地点了点头。

"我先生跟我说过很多次。就是以前的事情。我先生是长男嘛，所以好像被骂得特别惨，甚至更过分的事都有。另一方面，丢下我婆婆一个人就离开家这件事，他也一直都觉得很愧疚。"

知子说过"儿子们对我这个软弱的母亲也很生气"，但桐子觉得现在并不需要提起这个。

"所以，他想着我公公死后终于有机会孝顺母亲，结果婆婆却说要去跟一桥小姐一起住，我先生就自己疑心生暗鬼，想着该不会是因为我婆婆在生他的气吧，他自己心里又有罪恶感，所以就一直责怪自己。"

"知子又不是那样的人。她才不会对自己的儿子生气呢。"

"对呀，我婆婆也是这样跟他说了，可是我先生就还是不太能接受……还有告别式的时候……"

"告别式的时候？"

"我先生他们当然也是非常伤心，但毕竟男生嘛，可能也觉得照护的日子终于告一段落，还反应不过来，所以几乎没怎么哭。还有一部分也是因为我刚才说的那种复杂的心情。可是，一桥小姐却不顾一切地放声大哭……所以丈夫又觉得很自责，为什么自己就不能坦率地哭出来呢。"

"他这样不对呀。真的没必要在意那种事的。"

桐子用力地说道："我们之前会一起住,真的就只是我们擅自独断任性的行为而已。不对,也许可以说是我的错。知子她可能是因为担心我独自一个人才跟我一起住的。所以说,绝对不是她儿子们的责任。"

奈穗美点了点头。

"谢谢您这么说。"

"拜托奈穗美……帮忙想个办法跟你先生说一说,还有,千万不要说是我说的。"

"好。"

奈穗美把手放在自己的膝盖上,轻轻地摩擦着前后移动。看起来好像在犹豫什么。

"……有一件关于我婆婆的事,我从来都没有跟别人说过。"

"什么事?"

"尤其是我老公,我大概一辈子也说不出口。我原本也想着还是不要跟一桥小姐说好了,但……"

她用指尖轻轻地摸着放在地上的那套知子的套装。

"要是我现在不说出来的话,肯定直到您离开也不会说了。可是,就这样一直把这件事藏在心里其实也很难受。"

"到底是什么事呢?"

桐子的心脏怦怦直跳。

奈穗美叹了一口气。

"直到现在我都还是很犹豫要不要说出来……但是,如果不说的话又太痛苦了。"

"……如果愿意让我听听看的话,你就说出来吧。不过不用急,我们还有很多时间。"

虽然觉得有点害怕,但果然还是希望可以知道知子的所有事情。

"就是……"

奈穗美再度沉默了一会儿,最后终于开口道:"我婆婆她之前说……"

"嗯嗯。"

"她说:'我杀了你公公。'"

这话实在太惊人,桐子真的感受到胸口一阵难受。

"知子她?把她老公?"

真的有这种事吗?虽然一直都知道知子因为这个丈夫而吃足了苦头,但是她真的会做出这种事吗?

"对。"

"是……什么时候的事?"

"我婆婆从这里搬出去之前这么说的。"

奈穗美叹了口气道:"婆婆要搬过去跟一桥小姐住的前一天,我们过来这边跟婆婆一起吃个饭、住个一晚。当时婆婆看起来神采奕奕,她那时候还说:'我搬出去之后,你们随时都可以过来哦,请随意使用～要扩建还是改建也都没问题。'我先生心里一直没有接受婆婆的决定,但是他也没办法直接跟婆婆摊牌说不要去跟一桥小姐住……总之气氛就是弄得很僵。"

"是这么一回事啊。我之前都不知道。"

换桐子叹了一口气。

"我先生去洗澡的时候,我婆婆突然跟我道歉说:'真是抱歉呀……'然后,她就跟我说了,事实的真相。"

"真相?你是说,关于杀人的事情?"

"……真要我说,我也实在不知道该怎么说才好。但是,我婆婆她的确说了:'我犯了杀人罪哦……'她接着说:'我每一天、每一天帮你爸做早餐的时候,都煎三个蛋给他。加很多很多黄油、煎成鸡蛋卷,然后在旁边放上三条煎得焦焦脆脆的培根。吐司也是厚厚的两片,再加上一大堆的黄油。咖啡也都泡得很浓,然后把超大量的鲜奶油跟砂糖一把加进去。'"

突然开始说起早餐的话题，桐子歪着头听下去。

"'中午他都在公司吃，晚上也有很多喝酒应酬的聚会。不过，只要是在家吃的时候，我都会准备整桌老公喜欢的菜。比方说很甜很甜的马铃薯炖肉或是姜烧肉片，有时候还会煎牛排，只要老公想吃，我都会买霜降肉片来煮寿喜烧，都不知道煮过几次了呢。然后配上满得像小山一样的两大碗白米饭，味噌汤也煮得很咸。只要老公想喝，不管是啤酒还是红酒，我都让他喝。老公喜欢吃西式料理，所以我也很常做汉堡肉或炸猪排。搭配加了超多蛋黄酱的马铃薯沙拉，满满一大盘。他不爱吃青菜，所以我基本上都不会弄青菜。然后，调味慢慢下得一次比一次还重，等他注意到的时候才发现自己已经爱上重盐的食物了。为了他这种饮食习惯，我每天都会另外再做我跟儿子的。'"

那到底费了她多少精力啊。

"'所以一过六十岁，他就被医院诊断出高血压和初期糖尿病，医生嘱咐他甜的跟咸的都要少吃。所以我就做一些完全不加盐的料理给他。不过，酱油跟调味酱什么的我都直接放在桌上，让他自己随便加。结果那个人就说：这种难吃的东西谁吃得下去啊！然后自己拿酱油大淋特淋，全都淋过一遍才肯吃。我也不会阻止他。'"

桐子听着听着也开始渐渐明白她真正想说的意思了。

她所说的，跟她一开始听到"杀人"这个字眼时脑海里浮现的画面完全是两回事。桐子原先还以为是她在照顾、看护先生的时候，或是临终照护时所犯下的极端行为。

但完全不是那种情况。知子所谓的杀人……是每天一点一滴地、慢慢地用盐、砂糖，还有油来淹死自己的丈夫。

"她说这样就可以很合理地跟其他人或是医生说'不管我再怎么煮无盐的东西，孩子他爸还是喜欢吃重盐的，我也没办法'。说是选择权都在他自己手上。"

"……这真的可以称为杀人吗？"

"我不知道。"

奈穗美摇了摇头。

"只是，我婆婆她又说了：'你看我就是这种人，所以那孩子完全没必要有罪恶感。我可是个货真价实地杀了他父亲的女人呀。就拜托你帮我跟他这么说吧。'"

"那，你真的这样跟你老公说了吗？！"

桐子慌忙问道。

"没有，像我刚才说的，我没跟他讲。我根本不知道该怎么跟他说……不过，我觉得对我先生来说，至亲应该就只有我婆婆一个人吧。他自己也跟我说过好几次，没有把我公公当作自己的至亲。所以我更说不出口了。听了这个之后他会怎么想，我完全无法预料。我不希望因为我跟他讲了这些，反而害他失去唯一的至亲。"

桐子低下头，却再也没办法抬起来。

从宫崎家回家的路上，桐子随着电车摇晃着，出神地想着刚才和奈穗美聊到的事。

知子所犯下的杀人行为。

究竟，那真的能说是杀人吗？

做美味的、豪华的餐点给丈夫吃。那算是杀人吗？

"我问你……"

桐子要是不跟奈穗美确认一下心里实在过不去。

"知子她……是不是用那种开玩笑的语气说的呢？不是非常严肃地说的吧。"

"该说是开玩笑吗？"

奈穗美稍微偏了偏头。

"她说的内容实在太冲击了，所以语气我倒是不太记得，但我印象中与其说是开玩笑还是认真，不如说感觉她很平静吧。虽然不是内心纠结的样子，但也不是笑着说的，差不多是那样的感觉。"

很平静。

不过，那也只是奈穗美的感觉而已，真实的情况是怎样呢，桐子不知道。会不会也有可能，她是很平静地说完，然后打算最后再加一句"开玩笑的"。但是，才说到一半大儿子就洗好澡出来了，所以对话就此中断了也不一定。

可是，如果她是认真的呢？

虽然那样的杀人行为太过保守，也没有办法保证成功，相反地，也表示她必须抱持着杀意和对方对峙，忍受好长好长的一段时间。比起一时冲动拿刀刺对方那一类的杀人行为，还不如说这一种杀人要来得更可怕，因为这种杀人所怀有的杀意更加强烈。更何况一直以来都还要多花时间想出两套菜单。

这真是个极致的谋杀计划。得花上好几十年。

桐子看着自己抱着的纸袋。

最后，奈穗美说："只要有喜欢的，就请您带回去吧。"

但是，桐子却无法动手。

听见她的话，桐子回过神来。自己已经想好，要尽自己所能地去监狱坐牢了。既然如此，还把知子的东西拿回来真的好吗？

看着手上挑着东西却内心动摇的桐子，奈穗美好几次开口劝她:"真的都可以拿,您不用担心。这些珍贵的东西留在我们这儿也只是浪费而已。"

然后,她离开房间,带回了一个装宝石的盒子。

"这些也是我婆婆的。明日花和我都已经选了一些,一桥小姐您也挑挑看。我婆婆她一定也会很开心的。"

桐子把那个盖子上雕着玫瑰花的木盒子打开来,里头每一样都是令人怀念的东西。她拿出缀有几颗珍珠的胸针、珊瑚装饰的和服带扣,还有串着一粒珍珠的项链,奈穗美对她说:"请别客气。"

"这么贵的东西我怎么能拿。奈穗美小姐你们怎么没有拿去呢?"

"我们两个各自都拿了一整串珍珠项链了。作为纪念来说,已经很足够了。"

说得也对,珍珠已经不流行了,也只有婚丧喜庆的时候能拿出来用,只作为纪念也是无可厚非的事情。

"可是……"

"胸针的话我们两个也没有在用。"

"那我……"

于是桐子选了一个以前常常看知子在戴的、银色的花当中镶有珍珠的胸针。

"洋装也拿一些吧。虽然可能也会变成占空间的东西，而且听了刚才说的事情之后，可能您已经不想拿了。"

听她这么说，桐子几乎想要叫出声。因为桐子想东想西地犹豫，结果好像被对方以为是因为知子犯下"杀人"行为而嫌弃她了。不过也是因为，对方应该连做梦也不会想到桐子是在想着要入监服刑的事情吧。

"不是，我完全没有那样想。"

于是，桐子挑了银色的套装带走。桐子想起对方说的，她如果不带走的话，一定会直接被当作垃圾吧。

列车到站，桐子刷了车票走出闸门。

铿锵，伴随着声响，车票被吸进机器里，桐子又忍不住叹了一口气。

昨天才刚付完房租。最后一笔打工的薪水前几天才刚入账。到下个月的退休金发放日为止，都不会有收入了。单程六百多块，来回就超过一千日元的交通费用实在令人觉得心痛。

绕去车站前的超市看了看，结果晃了一圈，只买了豆芽菜便回家了。

回家后，把知子的套装好好地用衣架挂了起来，洗好手开始做菜。冰箱里还留着之前切剩的白萝卜尾巴，就拿来切成小块当作煮味噌汤的材料,然后炒了刚买回来的豆芽菜。鸡蛋是上个礼拜买的,每天吃一个,到今天还剩下四个。加进豆芽菜里做成"银芽炒蛋",配着早上煮好的饭当做晚餐。

——上个月买的米还有剩,但总有一天会吃完,到时候又该怎么办呢。

不找工作会撑不下去的,虽然这么想,但是就连自己也不觉得有哪里会愿意雇用一个搞出那种事、又已经七十七岁的老人。

然后又想到,知子说的犯罪……

——知子她,心里一直都塞着这种事吗?藏了好多好多年,怎么就不跟我聊一聊呢。如果跟我说说的话,说不定我也可以帮上她一些忙。

泪水又涌上眼眶。她还想起,跟知子一起生活的时候,她说了好多好多次"我现在真的好幸福",现在想来胸口一阵刺痛,眼泪更是夺眶而出。

——我也很幸福哦,知子。

桐子收拾着厨房,不知道该把剩下来的萝卜最根部给丢掉,还是该继续留着。剩这么一点点,正好适合放进米糠腌料盒里做成腌菜,想到这里,桐子才忽然想起:米糠腌料!那个腌料盒现在怎么样了?

之前，雪菜说想要那个腌料，便把它用塑料袋包了好几层，藏在公寓的后面。

"糟糕，完全忘记了。"

从那时候算起来已经过了两个多礼拜。发生了那种事，桐子不觉得雪菜还会去把它带回家。在春天的天气下放在外头应该早就坏了，如果不把它拿回家处理的话，会造成大家的困扰的。

桐子从装着应急物资的背包里拿出手电筒，悄悄地走出屋外。

她绕到公寓后面，打开了手电筒。公寓后方用矮墙和隔壁的公寓隔开来，中间便成了一条约一米宽的小巷。

"我记得应该是放在这附近才对……"

桐子边找边自言自语道，然后就发现了当时用塑料袋包起来，用来装米糠腌料的塑料盒。

——雪菜，果然是忘了这件事了吧。也不对，那次之后她根本就没办法过来拿吧……

哎呀呀，看来真的只能整个丢掉了，应该可以直接丢可燃垃圾吧……桐子想着这些事的同时，弯下腰来捡起那个袋子。

"嘿哟！"

伴随着干燥的沙沙声响,手上的东西猛然被一下子拎起来的时候,桐子吃了一惊。

好轻。

米糠腌菜的基底腌料,虽然小小一盒,但是十分有重量。可是手上拿起的盒子却好像没有装任何东西一样轻,桐子出了太多的力气去拿,预判错误的反作用力几乎让她往后摔倒。

她连忙打开塑料袋。装腌料的塑料保鲜盒完好无缺,里头却没有任何米糠腌料的影子。不过,里面似乎装了其他的东西。打开保鲜盒,看到了一张对折再对折的纸条。桐子手指发颤地打开来。

小桐婆婆,这是我新的电话号码。要打给我哦。——雪菜

龙飞凤舞的字迹这么写着。

到了下个月,桐子还是没有任何行动。虽然老是想着,必须要去找工作了,但是身体就是动不了。

也没有打电话联络雪菜。自己没有那样的勇气。

换了新的电话号码,就表示她的父母买了新手机给她,希望她重新筛选目前为止的交友关系吧。光是删除桐子的联络方式还不够,直接买了新机要她换掉。桐子感受得到他们强烈的坚持。雪菜只留下了电话号码,从这一点看来,可能也不会让她再使用社群软件了。

雪菜专程把她的电话号码拿到这里来。这对桐子来说就很足够了。正因为如此,才更不能继续破坏她和她父母的关系。

就在此时,秋叶打了电话过来。

"桐子姐吗?最近怎么样?"

桐子觉得好像被他无忧无虑的嗓音给拯救了。

"还好,好久不见呢。"

好在,对方应该是不知道桐子最近所做的好事。

"户村也过得还好吗?"

"我们两个还是一样,每天都在小钢珠店碰头。"

秋叶嘿嘿嘿地笑了起来。

"其实,我有点小事要拜托你。"

这个人说的有事要拜托可不能随便轻视,心里的警钟本来会告诉自己应该要小心一点的,但如今的情况下,桐子已经觉得怎么样都无所谓了。不如说,只要能跟人有所连结,不管是谁都好。

"就是说,不是有一个大哥平常很照顾我们的吗?"

"嗯嗯,地下钱庄的那个?"

"对。那个大哥,他说想跟桐子姐见一面,他自己说的。"

"咦?跟我吗?"

之前都在干更糟糕的勾当,如今做着地下钱庄这种"安稳的事业",这样的男人,找桐子会有什么事呢?

"好像之前他就已经对桐子姐很感兴趣了,结果昨天他突然打给我。"

"……跟我这种人见面,也不会有什么收获吧。你有问他是什么事吗?"

"没有,好像也没什么特别重要的事情,就只是说想见一面而已。他还说就两个人单独见面。"

"哦……"

然后,对方甚至提议了具体的会面地点,说要不要在之前小池由香里开办课程的那间咖啡厅见个面呢?

"……好,我会去的。"

在公共场所见面的话,应该不至于被杀掉吧。而且目前桐子根本没有其他事可做。

"那,就约明天下午怎么样?"

很干脆地定下了时间,于是,他们隔天就要见面了。

桐子比约定的时间还要早十分钟抵达咖啡厅,然后被带领到深处的座位。

"大哥"好像还没有来。她稍微松了口气,环视着店内。

工作日下午两点前的店里人并不多。窗边的座位,坐了两个跟自己差不多年代的女性,面前摆着蛋糕茶点,正热烈地聊着天。隔壁则是三个穿着西装的男性,好像在商谈什么事情的样子。

——大家看起来都很神采奕奕、很开心的样子呢。

桐子又想到他们和自己这种,正在等着不知道是前黑社会还是什么的人的心情,还真是天差地别。

两点整的时候,咖啡厅的门被打开,"他"走了进来。虽然不论是长相或是年龄都没有先问清楚,但马上就可以知道是"他"没错。

被大家称为"大哥"的那个男人有着一副像长方形岩石那样的体型。身高大概有一米七五,肩膀很宽、很健壮,整体来说身体很厚实。年纪可能八十左右吧。那块"岩石"挂着拐杖,慢慢地朝这边走过来。

"一桥桐子小姐?"

"我是。"

他的声音比想象中还要温柔。

"我们出去说吧。"

来到店里都还没点任何东西,他就开口这么说,然后流畅地转过身直接往外走。丝毫没有要给桐子表达意见的余地。

桐子愣愣地盯着他离去的背影看了一会儿,才赶紧跟了上去。

就连对站在柜台那边的女店员,他也只是稍微抬起手表示一下而已。但对方却好像是在恭送把菜单上的品项全部点了一遍的贵客那般,恭恭敬敬地低下头。

"我们现在要去哪里呢?"

桐子走出咖啡厅追上他之后问道。

"刚刚那边太多认识的人了。"

他回过头来,对桐子露齿一笑。

以他的年纪来说,牙齿还真好看。而且,笑起来竟然意外地可爱。桐子不经意地也跟着微笑了起来。

"这附近有个公园,就去那里说吧。"

从此他就没有再多说一句话,只是继续往前走。

他说的公园,是指附近的儿童公园。那里有滑梯和沙坑,还有两个秋千,也有不少长椅,周边有杉树和樱花树环绕。

他在离游乐设施稍微远一点的长椅上坐了下来，用拐杖指了指身旁的座位。意思应该是要桐子坐在他旁边。

他看着眼前玩耍的小朋友们。有几个小孩在公园里跑来跑去，母亲们则在一旁看着他们。有一个刚从滑梯上溜下来的小孩跑进沙坑里抓了一把沙子，旁边便有一个妈妈喊道："手不要摸沙子！很脏！"

桐子看着这一幕，心想：现在的小朋友已经连沙子都不能玩了呀。

"我听说，你想被抓进去？"

他冷不防这么一问。

"你怎么会知道？"

桐子记得应该没有跟秋叶讲过这件事才对。

"像我们这种人，总有渠道可以知道各式各样的情报。警察那边也有很多我的老交情。"

"啊……"

"有时候也会听说一些像你这样想法奇怪的人。"

"这样啊。"

"啊，其实想被抓进去的人不少。但通常都是一些早就已经惨兮兮的人。比方说年轻的时候就一直在犯罪，出狱之后反而不知道要怎么在外面生存下去的那种男人。或是人已经快要不行了,就连警察都根本不想抓的那种人。可是像你这种,乍看之下好端端的一个女人会这样想的就不多了。跟我讲到你的那个人,就是想问我是不是用得上你。"

"……用得上我。"

"你有这种需求的话,直接来找我就好了。"

大哥往桐子这边看了过来。他的脸看起来也像岩石一样坚硬,缝隙里两颗小小的眼睛闪着亮光。

"你知道什么好方法是吗?"

"方法可多了。比如说做搬运工。就是帮忙从我们这边带一些不好明说的东西去国外,或者从他们那边带一些东西回来。既可以赚钱,如果被抓到的话又是重罪。不过,像你这种看起来有点素质的老女人过海关的时候应该可以直接被放行吧。只是,在日本被抓的话那还好,如果在另一边被抓的话,搞药这种事情在东南亚好像是会直接被判死刑的,要不然就是在当地的监狱度过下半辈子。像你这种的应该受不了吧。"

不知道从什么时候开始,他的用词从你变成了像你这种的。不过,他说话的语气很温和,所以也不会让人不快。

"你的意思就是说有这方面的工作?"

"小型的人口贩卖应该没问题吧?因为像你这种的不管

到哪里大概都不会被怀疑。"

"……那，所以你是说可以介绍这种工作给我是吗？"

他盯着桐子的脸。但是，因为眼睛太小，很难判断他的表情。

"是有事要麻烦你。"

他停顿了一会，说道："不过，可不是随便谁都可以做到的事，希望你一定要好好干到最后，把这个任务完成。"

"是怎么样的工作呢？"

"你确定吗？有信心不会中途放弃吗？这也不是什么我可以随便就跟你说的事情。"

桐子犹豫了一秒，说道："我没有工作。"

"现在失业是吗。"

"自从之前绑架未遂之后，就被开除了。"

"很正常吧。"

"所以，不管是什么工作我都愿意试试看的。"

桐子偷偷地想起了知子的事。每天做重口味的料理、希望能害死丈夫的知子。跟这种事情比起来，桐子觉得应该没什么事是自己做不到的。

"如果只是没工作，要我介绍给你的话那很简单。要找清洁工作的话我也有几个渠道，可以介绍你去我底下的职场,像你之前去的那个小钢珠店,我去跟他们说一声的话一定也会让你去上班的。"

"……这样子啊。"

"所以说实在的,你到底是想要哪一个?找工作还是进监狱?"

桐子试着直视自己的内心想了一想。他说得没错,我到底是想要哪个呢?自己真正希望的是什么?

"我可能……就是累了。"

最后她却只能挤出这样的话。

"你是说肉体上的累?还是精神上的?"

"两个都有。连我自己也有感觉到自己渐渐变得好疲惫。虽然说工作也会觉得身体很疲累,但是,每天对未来烦东烦西,要思考自己接下来到底该做什么更是心累。我想我是活累了。反正朋友也不在了,不如进监狱还过得比较轻松。感觉进去之后很多事情……像是自己应该怎么做之类的,都可以让别人来帮我决定不是吗。"

"说得也是。"

大哥点头道:"确实是……很累人啊。"

他也叹了口气这么说。

"你也这么觉得吗?"

"嗯。一直没办法好好地死掉。"

"就是说啊。"

"其实，我得了肺癌。肺癌末期。"

"啊?"

桐子望着大哥。他轻轻点了点头。

"那，你不是就有办法死了吗?"

"是没错。可是好像会非常痛苦。我从网络上查到的。"

"你查过了啊。"

"看了人家写的就真的会害怕。"

大哥笑了笑。

"亏我这一生，什么大风大浪都见过了呢。什么生死关头也是经历了好几次，一直觉得死有什么好怕的。但是，还是不想被痛苦折磨到死。而且还事先知道了结局却只能坐以待毙，这点更糟糕。在阴间大概有很多人希望我可以痛苦地死掉吧。我才不想让他们称心如意。"

"啊，一定很难受吧。"

桐子发自内心地说道。活到这把年纪，最痛苦的就是给别人添麻烦，其次应该就是他说的这个了。被痛苦折磨到死，还有明知如此却只能坐以待毙。

"要是自杀，很难不被身边的人知道嘛。我也不想被人家讲闲话：那家伙怕癌症怕到自杀，活着的时候那么嚣张的人竟然因为生了病就害怕到去死了。"

"原来如此。"

"所以，我希望有人可以杀了我。"

终于开始切入正题了。

"难道，你是说要我来？"

"桐子小姐反应真快啊。"

大哥也望着桐子。两个人终于对上了眼。那双小小的眼睛里透着恐惧。

"我会借你一笔钱。差不多过一个月之后，我去找你讨回那笔债的时候被你杀掉。这样的话就不太会让人起疑了。而且大家都知道你没有钱，甚至也有一些人知道你想进监狱的事情。"

原来如此，设想得很周到呀。桐子虽然心里这么想，却很难随口说出一句"原来如此"。

大哥突然抓住了桐子的手。桐子吓了一跳往后退，但还是被抓得牢牢的。

"往这里刺下去就可以了。"

他把桐子的手拉到自己心脏附近的位置。

"是这里哦，这里。拿菜刀对准这里用力地一下刺进去就可以了。"

他似乎越说越兴奋,把桐子的手拉过来撞击着自己的胸口。

"就是这里,这里。"

"你不要这样,拜托。"

桐子拼命想要把自己的手拉回来,但就算是老人,男人的力气还是比较大。桐子难以从他的手中脱逃,一直到他兴奋的心情平复下来之前,就只能任凭他摆布。

回到家后,桐子使用了雪菜教过她的"搜索"功能,上网查了查数据。

杀人、刑期,桐子才输入了这两个词,就跑出了初犯、平均这类的建议搜索内容。虽然每个都很想知道,但桐子先用了"杀人、刑期、平均"查询。

杀人罪的刑罚,似乎有三种情况:死刑、无期徒刑、有期徒刑。死刑,这个词还是让桐子胸口一紧。

——也有可能会被判死刑。

那也是理所当然的吧,毕竟都杀了人。

但是,最短也有只判五年的。

——哎呀呀,这也太轻了吧。

不过,继续往下读,发现杀人罪就算初犯会判得比较轻,但也多半都会判十年以上。

十年……

桐子仔细思考。过了十年之后,自己就已经八十六七岁了。搞不好都已经死了。

——的确,果然杀人还是刑责最重的罪。不过这也是理所当然的。

老年女性为欠债所苦,杀害地下钱庄老板。这样说起来,总觉得好像是真的会发生的事情。可能会因为年纪的关系被报道得很耸人听闻,然后人家看报纸的时候会"啊?"地讶异一下,但是过个两三天就会被淡忘,就是这样的事件。

大哥对她说:"这是在帮助人啊,"他又说,"只要杀了我,然后跟警察坚持说你是因为还不出钱才杀人的,这样就好了。"

真的会这么轻易成功吗?警方的调查跟问讯很难随便带过,这点在绑架雪菜那时桐子便知道了。

正因为如此,如果不下定决心的话,可能真的没办法坚持到最后。

大哥说,等桐子真的有心想干的时候再跟他联系,给了桐子手机号码。然后，也记下了桐子的银行账号。他说只要一通电话，他马上就会把钱汇进去。

"我可以立刻汇个一百万或是两百万到你户头。当然，那笔钱你不用还。"

"那可能会被他们问，你借我那么一大笔钱是要用来做什么。"

"说得也是。嗯，那我汇个五万、十万好像比较好。搞不好，实际上这种金额才更容易引发杀机。"

他说得对，事实上常看到的都是那种会让人家觉得"竟然只因为这一点钱就被杀了吗"的事件。

自己也要成为那种事件的当事人了吗？

突然，桐子开始思考这和知子所犯的杀人之间的差异。

——我跟知子做的完全是不同的事。这可是真正的杀人。

可是，知子杀人的杀意比自己还要强得多。这么说来，或许人这种生物为了保护自己，有时也逼不得已必须产生出把别人杀掉的念头吧。

桐子一直没有下定决心成为杀人犯，就这样又过了几天。

晚上，一个人吃着晚餐的时候，突然来了一通号码不明的电话。

桐子有点犹豫，但还是按下了通话键。

"喂，你好？"

"不好意思，这么晚还打来打扰。我是久远，请问这是一桥桐子小姐的电话没错吧？"

"你是久远？！"

桐子再怎么样也没想到对方会是久远，吓了一大跳。

"是啊。一桥大姐，你最近还好吗？"

"啊，真是吓了我一跳。嗯，虽然发生了很多事，但身体是还好啦。久远也还好吗？"

"嗯，都还过得去。"

"是吗，那就好。"

桐子心里交杂着怀念，还有好奇到底发生了什么事的怀疑。不过，要说的话现在还是偏向开心的那边。

"……一桥大姐，你后来就没有来我们这栋大楼工作了对吗。"

"啊，对啊。应该说是，年纪到了该退休了吧。我们公司被收购了……我也有很多个人的情况。"

"你突然就不做了，我还吓了一跳呢。上个月，我听说你们公司被收购，可是也听说只是改个名称而已，其他没什么大的变动。后来接替一桥大姐来打扫的，变成一个穿着迷你裙制服，叫什么'clean lady'的年轻小姐。"

"啊？clean lady？"

"没错没错。她会穿很华丽的、有蓝有白的服装，还戴一个贝雷帽。然后，不管交代她什么事情，她都会用一种像居酒屋服务生一样的口气回答说：'好的，很高兴为您服务！'可是比起这个，她的工作效率就差多了，而且也扫得不干净。"

"哎呀呀。"

桐子久违地发出声音笑了出来。

改成 clean lady 这种称呼，还把制服改成迷你裙，这样一来，确实是没有办法再让桐子这样的老年人继续待下去了呢。

"然后，我想着不知道桐子大姐后来怎么样了呢，于是跟清洁公司打听了一下。对方也说，就是届龄退休……至于其他是为了什么原因离职的，就只说什么属于个人信息、公司不方便透露之类的。"

"嗯嗯，他们说的是事实。"

还好那家清扫公司没有把桐子的事情开诚布公地告诉

他。桐子稍微松了一口气。但可能也因为要是被人家知道公司雇用了差点成为罪犯的人才更是个大问题,所以才没有说出去的吧。

"他们本来连你的联络方式都不跟我说,是我一直跟他们说我有件事非得跟你联络才行,才硬跟他们要到了你的电话。抱歉。是不是给你添麻烦了?"

"不会……谢谢你。接到你的电话我很开心。"

"我个人实在觉得,一桥大姐就算要离职也不至于不跟我说一声就走人。所以,就打电话给你了。"

"真的很谢谢你打来。"

"我可以问一件事吗?"

"嗯嗯。"

"一桥小姐,虽然说你是因为到了退休年龄而离职的,但你已经不想再工作了吗?"

"不不,我没有不想工作呀。其实,公司突然跟我说因为年龄的关系希望我离职,我才是吃了一惊,不过也是没有办法的事。"

"我就知道,真的是这样。毕竟一桥大姐你身体还那么好,还想着你怎么突然就不做了呢。"

"虽然我好像一直在说一样的话,可是真的很谢谢你。

光是知道久远你这么关心我我就已经很开心啦。"

"那个……"

一瞬间，久远顿了一下才开口："我有些事想跟你聊聊。我现在正准备下班，如果一桥大姐方便的话，可以在车站前的咖啡厅之类的地方稍微跟我聊一下吗？我也可以去你家附近。如果你还有事要忙或者是今天已经很累了的话，明天之后再说也没关系。"

桐子现在根本不会有什么"有事要忙"的情况。

于是她说出了车站前的连锁咖啡厅，两人便约在那边见面。

"好久不见。"

桐子走到车站前的时候，正好和远从池袋的大楼赶来的久远几乎同时抵达。甚至久远还早到了一点点，等了一会儿。

桐子要去柜台点咖啡的时候，对方轻巧地说："啊，我去就好，你想喝冰咖啡还是热咖啡?"便去点了咖啡回来。桐子拿出钱包想付钱，却被他拒绝："不用不用，是我约你过来的嘛。"

虽然只是一点小钱，但是对于连零钱都得精打细算省着用的桐子来说实在很感激。

"真的,好久不见。"

桐子喝着咖啡,边说道。

本来觉得谈话会就此沉默下来,但久远开始说起了新来的 clean lady 的事情,说得生动有趣又滑稽,让桐子捧腹大笑。

"你想想看,那么短的短裙就在眼前这样站起来又蹲下去的,我根本不知道眼睛该看哪里,很困扰哎,然后如果两个人单独在吸烟室的话,气氛就会变得很怪。听说也真的有同仁约她去喝一杯。"

"哎哟!"

"可是,比起这种事情,最让人困扰的还是打扫这方面。"

"打扫?"

"就是,有些地方她老是没办法像一桥大姐一样打理得那么干净……"

久远有点欲言又止,但他继续说:"听说人品上也有一点问题……我想问一下桐子大姐,之前你们公司给你们多少薪水?我知道有点失礼,抱歉。"

"薪水吗?我不介意的。我记得时薪应该是九百五十日元的样子。"

久远的表情突然凝重了起来。他想了想,叹了口气。

"我付给她的,是你说的三倍。"

"咦?"

"现在整栋大楼的清扫工作全部统一委托给他们,所以没办法单独分开来算。但是果然是这么一回事。"

"等一下,是怎么一回事?"

"你说哪个部分?"

"……你说你付给她?是你负责委托的吗?你到底是在公司的哪个部门工作呀?"

"啊,原来我没跟你说过吗?"

"没有啊。"

"我是那家公司的经营者。还有,那栋大楼也是我的。清洁公司是我的下属找给我,我再从清单里面挑一家,严格来说可能不算是我一个人选的……"

"经营?那家公司?"

"是啊。"

"你、原来你职位这么高吗?"

久远点了点头。

"我学生时代就开了家公司,快三十岁的时候把它给卖了,手头稍微有一点钱。然后就开了一家新的公司,那栋破旧的大楼也是那个时候买来重新整修的。因为我想在一个自己觉得舒服的环境工作。"

"所以,那栋大楼也都是你的啰?"

"对啊。不过我也不是有钱到可以用现金买下那整栋大楼,所以其他层我就租给别的公司,再用那些租金来缴房贷。"

"天啊,吓了我一跳!"

桐子仔细看着眼前的年轻男子。单看长相的话看起来明明才二十五岁左右,而且老是加班,害她一直以为一定是个为黑心企业所苦的青年。

"每次你都是工作到最后才走的那个。就连办公桌也跟其他人的桌子放在一起。"

"我热爱工作啊,而且是那种没办法把事情放给别人做的类型。在我们业界,窝在自己办公室里的社长搞不好还比较稀有呢。现在比较流行我们这种。"

"唔……原来也有像你这样的社长啊。"

久远笑了,然后稍微朝桐子这边探出身子。

"我可以再问一件事吗?"

"你说。"

"嗯，虽然是从清洁公司负责人事的女员工那边听来的，但听说有人在传，说你好像跟什么案件有关系的样子。"

"啊。"

他果然听说了。

"如果可以的话，我希望能从一桥大姐的口中好好听你说明一次，可以吗？不知道那件事跟你之前问我有什么'可以被关久一点的犯罪'有没有关系呢？"

桐子吞了口口水。

"可以的话，跟我说说好吗。"

于是，桐子跟他说了。毕竟事到如今，更是真的没有任何东西可以失去了。桐子从自己和挚友一起生活开始说起，到她死后自己变得一无所有，再说到关于雪菜的那个事件……从头到尾、毫无保留地说了一遍。

"……原来是这么一回事。"

"真对不起。吓到你了吧。"

"没事的，本来就是我太好奇一桥大姐后来怎么样了，才打电话去清洁公司问的。结果接电话的那个人，用一种很不友善的语气说，她做了糟糕的事，你还是不要跟她扯上关系比较好，我就觉得很生气。我跟她说：我要怎么想还轮不到你来管吧，然后搬出了好久没用的老板权限才跟她问出了电话号码。"

确实，合作大户的老板都专程来问资料了，也没有办法不给吧。

"原来所谓的事件，是这么个来龙去脉。"

"对啊，也是因为这件事，连工作都丢了。"

"一桥大姐。"

"是。"

"你要不要再回来我们这边打扫呢？"

"咦咦？"

"我会跟现在的清洁公司解约的。然后，我想直接跟一桥小姐你个人签订合约。"

"你这么说我很开心，可是……"

桐子犹豫地说着。

"可是，该怎么说呢，好像会欠人家一个人情。总觉得对之前雇用我、手把手带我做这份工作的社长很不好意思。"

"但那是对之前那家公司的社长吧。听桐子大姐这么说的话，要还的人情债其实就只有那位社长的部分。你觉得整栋大楼的话，需要几个人来打扫呢？"

"现阶段可能一个人就可以做完，但是也需要休息轮班。所以还是两个人……可能的话希望可以三个人做。"

"那我就连同那位前社长一起请过来就好啦。我不敢说薪水可以给到之前的三倍,但我愿意出一点五倍。时薪一千五百日元。"

"一千五百日元?!给这么高,真的可以吗?我……"

我可是罪犯哎,桐子正想这么说。久远挥了挥手。

"那种事情我自己会判断的。况且,你最后也没被起诉嘛。"

"是没错……"

"那你就不是罪犯了。我对迷你裙根本一点兴趣都没有,但是厕所没扫干净这种事,我就是无法忍受。而且,经费反而还减半了。"

也许久远真的是一个厉害的老板呢。

中介相田打了通电话过来。

"房东那边来过电话,她说想跟一桥大姐你见个面。"

这阵子突然发生了各式各样的事情,一不小心都忘了还有房东那边要处理。况且,因为"房东她很忙"这样的原因所以一直没有收到进一步的联系,因此桐子也偷偷抱持着一丝希望,想着"说不定,她有可能会就这样让我继续住下去呢"。虽然从久远那边得到了重新雇用的机会很令人开心,但仔细想想，要是没有地方住，果然还是无法生存。如果被赶出这个家的话，到时候可能就只能接受"大哥"的要求，去执行杀人计划了。

"希望一桥大姐可以给我几个你有空的日期让我安排。"

"我目前……"

反正也没有工作，随时都很闲，桐子差点这么说，但还是犹豫了一下。又是罪犯、又没有工作，想也知道根本不可能有房东会愿意租房子给这样的人吧。

"目前时间上还蛮宽裕的，看房东小姐跟相田先生你们什么时候有空，我基本上都能配合。"

"了解了。"

相田暂时挂了电话，两天后的上午便向桐子确认了见面的时间。

那两天，桐子简直是屏息以待地过着日子。一旦连住的地方都没了……就算久远再怎么好意邀请自己，也还是无法生存下去。真的只能打给大哥，然后犯下杀人罪了吧。

当然，那本身是一件非常可怕的事情，但对于桐子来说，所谓的杀人这个字眼还没有真正进到她的脑袋里。她实在还没有搞清楚那具体是怎样的一件事。

不如说，比起她自己，久远应该会更吃惊吧，或者是会对她这个人感到失望。雪菜如果知道桐子杀了人，一定也会非常惊讶吧。

——至于雪菜的父母他们，一定会觉得那个女的果然是个恐怖的女人。幸好有叫她不准再靠近自己的女儿，真是正确的决定。被那样想的话自己倒是会有点不甘心。

雪菜一定会理解桐子杀人真正的出发点吧。正因为她理解，所以她一定会感到自责，一定会很伤心，甚至还会觉得愧疚。

——那孩子，亏她都专程想要帮我顶罪了，要是可以不让那孩子知道这起案件就好了。

桐子有雪菜的电话号码，所以如果只是跟她传达一句"绝对不是你害的"，应该还在合理范围吧？

桐子实在太过烦恼，结果在冲动的驱使下，她在深夜发出了短信。

——最近还好吗？

一按下发送键桐子就慌了。自己到底都做了什么好事啊，不知道现在还来不来得及撤回呢，正当她急得像热锅上的蚂蚁时，马上就收到了回信。

——小桐婆婆？是你吗？真是的，怎么不早点跟我联络呢？你现在可以讲电话吗？我有好多好多事情想跟你说哦。

连珠炮似的文字,让人仿佛能听见雪菜说话的语气。

——可是,我不是不能跟你联络嘛。

——说是这么说,你这不是已经联络了嘛。

——也是。

——小桐婆婆,你都还好吗?身体怎么样?后来怎么样了?还有在工作吗?哎唷,可以打给你吗?小桐婆婆,你打字好慢,我等得很痛苦。

桐子还在读信息,电话就已经铃铃铃铃地响了起来。

"喂?"

实在忍不住,桐子果然还是接了起来。

"我很担心你哎,为什么都不打给我?"

"不是,我就不应该跟你联系。而且我也是到最近才想起那个米糠腌料的事情。"

"我还想着再没办法的话,就要跑去你家找你呢。"

"可是,你爸妈他们不是……"

"我就说了,那两个家伙才不是什么爸妈呢。他们两个,一副多了不起的样子警告了我一通,结果呢,跟外遇对象就只停了两周没有见面,马上就又开始乱搞。"

桐子不禁笑了出来。

"今天他们也不在家。甚至还跟外遇对象说什么,因为自己家女儿搞出那种事,觉得心很累所以需要见一面。拜托,我都知道的。"

"你怎么知道的呀?"

"泡沫经济世代的人都没有什么信息安全的概念啦。他们设的密码,要不是自己的生日就是我的生日。所以我马上就猜中了。"

桐子虽然想跟她说,那就是他们爱你的证据,但最后还是没说。说起来,只维持两周就又开始外遇确实是说不过去。

"之前那件事,你后来怎样了?工作呢?"

"其实……"

桐子说明了情况。

"对不起,小桐婆婆。都是我害的对不对。"

雪菜小声地道了歉。

"其实我爸妈又开始搞外遇的那时候,我就想去找小桐婆婆了……可是,我觉得小桐婆婆可能在生我的气,所以就没去。"

"我怎么可能生你的气。雪菜全都是因为替我着想才会发生这些事的不是吗。倒不如说,我才一直都很后悔害你被卷进这种事情呢!"

"才不是那样。我自己也是因为想让父母知道我的心情才那么做的,更何况对我来说,当初做这件事的目的,我还算达成了一半呢。"

"可是,毕竟是我……"

"好啦,我们这样子互相推来推去的,不知道要道歉到什么时候。人家不是说吗?打架的双方要各打五十大板,那我们就当作绑架的双方各打五十大板好了。"

雪菜还是这么快人快语。桐子又笑了出来。只要是跟雪菜在一起的时候,就总是充满笑声。

接着雪菜开始娓娓说起自己的事。上次的事件,学校那边也收到了通知,有一些老师都知道了这件事,父母很担心她的品德评分,不过老师们其实也知道雪菜家里的情形,反而一直对雪菜感到同情,因此就算发生了那种事,校园生活也没有什么改变。

桐子也把目前为止的近况告诉她。比如最近要被中介跟房东约谈,还有久远有意请她回去做打扫的工作……她犹豫了很久,最后还是没有说出关于大哥想委托她执行杀人任务的事情。

"那个久远先生不是说想请你去他们那边做清洁工作吗,我觉得你应该好好跟他聊一聊!有了那份工作,应该就可以像现在这样租得起房子了吧。"

"是的。可是,也有可能对方会说不想租给罪犯啊,而且再怎么说,还得想办法找个保证人呢。"

"啊,要是我是大人就好了!那样的话我就可以当你的保证人了。"

雪菜大叫着说道,桐子觉得胸口鼓胀胀的。

"你愿意这样说我就很开心了。"

"好想赶快成年,然后我就可以离开这个家了!"

讲着讲着就超过了十二点。桐子哄着雪菜,说服她挂了电话。

钻进被窝的时候,桐子一边思考着。雪菜说想离开家……那会是真心话吗?如果真想离开的话,就不会做出像上次绑架那样的事件了。如果有一个令人安心的家,就不会想离开了不是吗……不管怎么想,都觉得雪菜好可怜。

"完成啦!"

跟房东约见面的那天早上,桐子小声地叫了出来。然后把拿在手上的针插回针插包上,收回针线盒里。

跟门野见面这件事情定下来之后,桐子灵机一动,决定把从知子家带回来的银色套装改成自己的尺寸。

虽说如此，但太难的修改她也做不到。只是把裙子改成自己的长度，西装外套的袖子也折短，再把肩膀的部分稍微修窄一点而已。因为没有缝纫机，所以全部都是亲手缝的。

桐子和知子比起来，虽然身高有点差距，但还好两个人的体型都还算瘦，所以改起来不至于太难看。

——虽然上衣的部分还是长了一些……不过，就当作它本来就是设计成这样的吧。

穿上了套装，还久违地在脚上套了丝袜。仅仅如此，就觉得仿佛知子正守护着自己。

——只不过是要跟房东谈谈，会不会被人家觉得穿得太贵气了呢？单纯收藏起来固然也很好，但要不是因为这件事，也不会再有机会穿它了。

像这样盛装打扮，也有可能是最后一次了吧，桐子对自己说着，锁上了家门。

相田任职的房产公司就在车站前人声鼎沸的商店街一角。桐子带着一种像走上绞刑台的心情打开了自动门。

"啊，欢迎光临。"

刚进门的入口处右侧坐着一位负责接待的年轻女性，但出声招呼的不是她，而是待在更里面的相田。

"真不好意思，一桥大姐，还辛苦你跑这一趟。"

虽然乍看之下对方很亲切、诚恳地过来招呼，但是桐子却无法好好地报以微笑。

"房东小姐已经到了哦。"

房产公司的门店里面有三个小隔间，好让大家可以分开来讨论事情。对方好像已经被带到最深处的位置了。

"我很抱歉来晚了。"

桐子畏畏缩缩地、小声道了歉，相田对她安抚了一句："没有啦，你很准时。"

桐子一路低着头，走进了最深处的隔间。她很害怕，一直都不敢直视房东的脸。

"让你跑一趟真不好意思。"

出乎自己意料地，听见了一个明亮的嗓音，桐子诚惶诚恐地抬起头，只见眼前站着一个身形和自己差不了多少的娇小的年轻女子。上一次看到她已经是知子告别式的时候了。

"不要这么说，应该的。"

桐子坐到房东面前的位置，相田则是在桐子旁边坐了下来。负责日常事务的女子马上端来了茶水。

"好久不见了。一桥小姐你之前住在二丁目那边的房子时也承蒙关照了。"

"不不，我才是受了房东小姐你很多的关照呢。"

"宫崎知子小姐的事真是遗憾。"

"谢谢你这么关心。"

"如果宫崎小姐还在的话,我也真的很希望一桥小姐你们可以在之前那栋房子里住到现在呢。"

虽然她这么说很令人感动,但也已经是不可能的事了。

因为知子已经死了。

"你人真好,真的很谢谢你。"

知子已经死了。而自己却还活着。

"那么,关于之后的事情……"

"是……"

"首先就是担保公司那边……"

相田帮忙缓颊道:"就是需要请一桥大姐这边找找看其他的担保公司,或者是找找有没有人可以来当保证人。你有想到什么可能愿意帮忙的人吗?"

"……那个……还没有。"

两人瞬间沉默了下来。桐子一抬起头,就发现对方带着一副写满了"这可麻烦了呀"的表情看向自己。

"那……"

"但是,我的工作已经有着落了!"

桐子用力地说道。

"其实是之前负责打扫的那栋大楼的社长,他找我聊过。"

桐子说明了久远约她商谈、要她去工作的事。

"那很好呀。"

房东点点头。

"所以,房租我应该付得出来,没问题的。"

"这是好事,我知道的,可是一桥小姐,我们毕竟还是需要找个人来当保证人……毕竟发生过那种事,就会被担保公司列入黑名单了,所以我觉得担保公司通常都不太会愿意承接这种案子了。你真的想不到什么可以拜托的人吗?"

桐子再度被对方追问。果然还是逃不过这关。

"如果真的找不到人……"

这时,店门口的自动门被打开,后方传来了通知客人来店的铃声。还听见了负责行政事务的女子说"欢迎光临"的声音。

"不好意思!请问一桥桐子小姐在这里吗!"

耳朵里听见了年轻女职员用着比外表还要年轻的声音叫唤自己的名字。

"桐子小姐在这里吗?!我是……"

桐子慌慌张张地站了起来,一回头,看见了雪菜,还有……她后面站着一个年轻男子，是久远。

"雪菜，你为什么……连久远你都来了，怎么会？"

"小桐婆婆！"

雪菜朝着桐子他们所在的隔间冲了过来。

"我想证明给他们看！让他们知道小桐婆婆有多认真地在工作，而且真的可以付得出房租。所以我就跑去小桐婆婆之前工作的那栋大楼，把这个人给带过来了。"

雪菜又回头去久远那边，一把拉着他的手腕把他拖到隔间的桌子这边来。

"就是雪菜小姐强行把我带过来的。"

他苦笑着说道："'你现在不跟我走的话，可能就没办法请小桐婆婆来你们这边打扫了！'她都这样说了。"

"哎呀，真的很不好意思。"

"啊，那么两位也这边请，请坐请坐。"

在这一连串的骚动当中最快恢复镇定的是相田，他拉开椅子招呼另外两个人。

"雪菜，学校那边怎么办？"

"我说我要早退。因为我很担心嘛，一想到这件事就坐立难安，真的受不了。毕竟是我害小桐婆婆变成罪犯的……而且根本就是未遂，也不起诉，但还是害你变成现在这样，我真的觉得很过意不去。"

雪菜看向房东门野小姐的位置。

"这位就是房东小姐吗?"

"是的。"

她微微笑着,看着雪菜。

"就是我。小桐婆婆绑架的那个人,就是我本人。所以整件事我都可以跟你说。"

"警察跟一桥大姐都大致告诉我们事情的经过了。"

门野点头说道:"就像这位相田先生所说,警察也有亲自来找我跟相田先生,他们来问过一些关于一桥小姐平常是个怎么样的人之类的事情。"

"这件事……真的太不好意思了。"

桐子缩着身子道歉。

"不会的,嗯,这是我的工作嘛,所以不会介意这种事情的,没有关系。"

接着,门野说道:"我们稍微整理一下目前的情况吧。那么,这位就是久远先生?久远先生已经决定要雇用一桥小姐,之后会请她去做清洁的工作对吗?"

久远从椅子上站起身,拿出放在胸前口袋的名片递给了门野和相田。

"我原先不知道今天会变成这种局面,不过,因为我对于目前配合的清洁公司并不太满意,所以最近的确正在跟一桥小姐商谈,预计要请她来打扫。假设工作时间是下午……下午一点到五点,一天四个小时,一周五天班,一个月差不多算工作二十天的话,应该就有十二万左右了。那么再加上退休金的部分,生活上来说应该算十分充裕了。"

桐子稍稍往前探出身子。

"那样算起来的话,已经很够了,而且身体上的负担也少了很多。"

"我了解了。"

门野看着相田点头道:"其实,关于一桥小姐的部分我们这边之前也已经讨论过很多了。"

桐子看着她,并不是很明白她所说的意思。

"首先,因为一桥小姐在做清洁这方面的工作,所以本来想,要不要干脆委托桐子小姐打扫现在住的那栋公寓呢。不一定要现在就给我答复,就是像走廊跟外面庭院的公共空间,还有垃圾场那边,这几个地方,能不能拜托你差不多一周打扫一次呢?"

"啊,你说的这些……"

桐子不禁脱口而出。

"我现在都有在扫。虽然不是每天,不过只要留意到的时候,就会扫一下走廊什么的。"

"嗯嗯。其实我最近才注意到这件事。我自己有时候也会去公寓那边巡一下嘛,然后就觉得,最近好像变得很干净。我问了公寓里的其他住户,大家都说:好像是一桥小姐在打扫。"

"这点小事没什么啦。我只是打扫自己家前面的时候顺手做一做而已。"

"我觉得不跟桐子小姐道谢实在说不过去。现在由我再重新委托你打扫的话,公寓的租金我们就调降五千日元好吗,你觉得怎么样呢?"

"啊。"

真是太令人感激了。光是把自己一直都在做的事情继续做下去,租金就可以便宜五千日元。

"真的可以吗?"

"自从一桥小姐搬过来这边之后,整栋公寓突然就变得很干净,我才觉得真是帮了我一个大忙呢。因为我住在东京,没办法常过来这边。而且这件事,在我听说久远先生的事之前就已经这么打算了。"

门野看着相田点头道。他很有默契地接着开口说:"我们也讨论过要不要干脆去申请个生活保护。去跟政府申请，看能不能申请到，让中央跟地方政府帮忙出钱补足退休金跟租金之间的差额。而且申请到的话，还会分配这一区的民生委员跟关怀管理员负责追踪，就会有人时不时来关心你的情况。"

未来的道路突然在眼前拓展开来，桐子一时听得愣住了。

"你们竟然连这种事都已经想过了……"

桐子看了看雪菜。她也半张着嘴听着两人说话，可能也从来没想过房东跟中介都这么为桐子的处境设想吧。

"真的很谢谢你们。真的真的很感谢。"

"不过，前提是一桥小姐你还有意愿继续工作的话。"

"有，只要还能做我都还想继续工作。久远先生的那栋大楼我自己也很喜欢。"

"那么，工作的职场这边就由我来帮忙看着，家里这边就麻烦房东小姐跟中介先生你们多关心，那一桥大姐个人的照顾的话……"

久远看着雪菜。

"那个就让我来！我会常常去小桐婆婆家里确认状况的！"

"可是，你父亲跟母亲都不会允许的呀。"

"我会认真跟他们讲的。这一次，我会好好地再跟他们讨论的，关于我自己的人生还有小桐婆婆的事情。"

雪菜抓住桐子的手臂摇晃了几下。

"太好了，小桐婆婆，真是太好了！"

"都是多亏你这么为一桥大姐着想，甚至还夸张到跑来找我。"

久远稍微犹豫了一秒之后，轻轻拍了一下雪菜的肩膀。

"说实在的，如果说要把桐子姐全部交给我一个人来照顾的话，还真的有一点困难，抱歉这么说啊，一桥大姐。"

久远对着桐子说道。而桐子对他点了点头，表示自己可以理解。

"不过，现在有我、房东小姐、中介先生，还有雪菜小姐，我们几个人一起做一桥大姐的后盾的话，应该就没问题了。"

接着，久远说："保证人就让我来当吧。那样应该就解决所有的问题了。"

"谢谢您了。"

门野躬身道谢。

"那我们之后再找个时间，不用着急。不过还是去跟这一区的民生委员还有社工单位的人打个招呼吧。毕竟之后万——桥小姐身体出了什么状况可能也要麻烦他们帮忙……"

门野一边留意着桐子的脸色一边说道。

"万——桥小姐以后没办法工作了,也还有之前说的生活保护的机制。希望你不要再一个人烦恼了,有什么事随时都可以跟我们聊聊的。"

她转头对雪菜说。

"好了,接下来就交给我们大人吧。你只需要像之前一样,跟一桥小姐当好朋友就很棒了。"

虽然门野说得一派轻松,但她的话成了魔法。雪菜一时之间愣愣地盯着她的脸看,接着仿佛有什么东西瓦解了一样,她哇的一声放声大哭了起来。

桐子在公寓的建地范围内一角,种了紫丁香树。

是那一次跟门野约在中介公司见面时取得她的同意的。她说:"当时把紫丁香的盆栽带到我家的是不是就是房东小姐呢?"接着对方说确实是她带过去的,于是桐子便向她请求,希望可以让自己把它种在地上。

门野考虑了一会儿,便点头说"你种吧"。

"不过,不要种太大棵哦,还有,一旦一桥小姐你退租了之后，可能就会被砍掉或是拔掉之类的，这样也没关系吗？"

"当然没问题。不然没办法处理嘛。"

桐子挖了一个小小的洞，种下了紫丁香，然后覆上一层薄薄的土。

——知子，还有亲爱的紫丁香树，我之后会继续住在这里，请你们守护我吧。

昨天晚上，桐子重新读了一遍自己以前写给知子的那些信。

"没有老公也没有小孩，一想到自己的未来会怎么样，我就很担心。"

当中有好几次都在说这种丧气话。

知子一定是因为记住了这些，才会对自己提出同居的邀请吧。

——谢谢你，知子。

据说三笠最后还是被冲绳的儿子接到他那边去了。听说"俳句社"的人有收到他的联系。

"明明之前吵成那样，不过不只他儿子，连他媳妇还有对方的父母竟然都没多说什么就接纳了三笠先生。他现在说不定正在享受着大家庭的天伦之乐呢。"

明子这么说着，下了结论。

——真的吗？那个三笠有办法融入大家庭？不过，他应该也没有其他地方可以去了吧，那就没办法了。或许人啊，终究还是得回到自己该回去的地方吧。

虽然没能来得及跟三笠道别，但现在她已经不会感到遗憾了。

因为这里终究才是我该活下去的地方。

桐子心想，同时把紫丁香树的根部扎扎实实地压紧。

"这样啊。"

桐子在之前见面的公园里，对"大哥"说明了自己之后的打算。

"……你都专程把任务委托给我了，我现在还拒绝你，真的很不好意思。"

"不会，没有关系。你不行的话，那我再去找别人就好了。"

"真是抱歉。"

桐子说道。心里一边想着，拒绝把对方杀掉，还跟对方道歉，这种事还真是荒谬。

跟上次一样，公园里有小朋友在玩耍。今天有三个戴着相同款式帽子的小朋友，应该是他们各自的母亲的人正在一旁聊着天。会戴一样的帽子可能是因为他们上同一所幼儿园或是托儿所的关系吧。

"……那么，你也还是没有改变你的计划吗？想要自杀……应该说想被杀掉的这种想法，还是一样吗？"

桐子问对方。

"没错。"

得到了一个毫不犹豫、清楚明确的回答。

"你要不要考虑跟家人朋友好好聊一聊你的想法呢？也跟医生再讨论一下吧，看看有没有不那么痛苦、不那么难受的治疗方法。"

桐子偷偷观察他的侧脸，发现他苦笑着。

"虽然我可能什么忙也帮不上，但是我也可以当你的朋友。我可以陪你走到最后。"

"请你不要随便说这种不负责任的话。"

他毫不留情地回道："就算你自己的未来稍微有了一点保障，人生光明起来了，也不用变得这么高高在上吧。"

"我不是那个意思……"

桐子以为他会气到直接走人，但不知为何却没有发生那样的事。

"……那个家庭根本就没办法信任。"

相反地,他发出痛苦的声音说着。

"咦?"

"重点就是,我老婆她非常恨我。打从心底地恨。"

"怎么会……"

"我跟她说,希望临终前至少可以让我轻松地死,结果没用。我想,她一定是想在我快要死掉、整个身体都动弹不得的时候报复我以解心头之恨吧。"

桐子本来想说不可能吧。但她想起了知子的事。或许这样的夫妻关系确实也是存在的吧。

"她是想选择那种尽量拖着、让我痛苦到最后一刻的方式吧。对周遭的人还可以装成是一个牺牲奉献的好老婆。"

难道他真的做了这种让人恨之入骨的事情吗。

人的死……特别是老人的死,也许最终只是在跟自己这一生对答案吧。当然,就连桐子自己,也完全无法预测自己将会迎来什么样的死亡。

"也已经没有时间离婚了。事情就是这样,难道你还要叫我乖乖等死吗?"

桐子答不出话。

他拄着拐杖站起身。自己那双不灵活的双脚让他生起气来，用拐杖敲打着双脚，一边骂骂咧咧地迈步离开。桐子对着他的背影开口道："如果最后真的变成那样的话，到时候我再去杀你！"

一瞬间，他停下了脚步。

"你可以答应我，时候到了再让我去把你杀掉吗？在那之前就先活着吧，好吗？"

他连头也没有回，继续往前走。

"你改变心意了再打给我！"

他从中间穿过公园离开了，桐子凝视着他的背影。他的背影越变越小，很快地和眼前玩耍的孩子们的身影重叠在一起，消失在视线里。

图书在版编目（CIP）数据

一桥桐子（76岁）的犯罪日记 /（日）原田比香著；
VANISHED CAT译. -- 上海：上海文艺出版社，2025.
ISBN 978-7-5321-9300-4

Ⅰ. Ⅰ313.45

中国国家版本馆CIP数据核字第2025CM8855号

HITOTSUBASHI KIRIKO (76) NO HANZAINIKKI
© Hika Harada 2020
All rights reserved.
Originally published in Japan in 2020 by TOKUMA SHOTEN PUBLISHING CO., LTD., Tokyo.
Simplified Chinese translation rights arranged with TOKUMA SHOTEN PUBLISHING CO., LTD.
through East West Culture & Media Co., Ltd.
著作权合同登记图字：09-2024-0996号
本简体中文译稿由高宝集团授权使用
著作权合同登记图字：09-2025-0061号

责任编辑：刘　念
封面设计：钱　祺

书　　名：	一桥桐子（76岁）的犯罪日记
作　　者：	［日］原田比香
译　　者：	VANISHED CAT
出　　版：	上海世纪出版集团　上海文艺出版社
地　　址：	上海市闵行区号景路159弄A座2楼　201101
发　　行：	上海文艺出版社发行中心
	上海市闵行区号景路159弄A座2楼206室　201101　www.ewen.co
印　　刷：	浙江中恒世纪印务有限公司
开　　本：	787×1092　1/32
印　　张：	10.625
插　　页：	2
字　　数：	124,000
印　　次：	2025年8月第1版　2025年8月第1次印刷
ＩＳＢＮ：	978-7-5321-9300-4/I.7295
定　　价：	58.00元

告　读　者：如发现本书有质量问题请与印刷厂质量科联系　T: 0571-88855633